外は夏

It's Summer, Outside

キム・エラン
古川綾子＝訳

亜紀書房

外は夏

日本の読者のみなさんへ

数日前、日本では桜が開花したと聞きました。
韓国はまだ寒く、桜を見るにはもう少し待たなければなりません。

わたしたちは花が咲く速度も、散る時季も異なる世界に生きていますが、
花を見る気持ちだけは同じなのではないか、
人を見る気持ちも、
人を失うときの気持ちも似ているのではないかと思いを馳せる三月です。

この本では何かを失ってしまった人びとを主に描きました。
世の中や他人に対して感じる温度差、時差のせいで
胸に結露や斑点ができてしまう人びとの物語を集めました。

厳密に言うならば、実はその痛みをよくわかっていない作家が、わかっていないという事実を痛感しながら、ある時期に書いた文章とも言えます。

わたしは今でも人間がわかっていないし、死がわかっていないし、人生が何なのか、よくわかっていません。

全力を尽くして生きる人びとを見ながら、少しずつ何かを学んでいるところです。

少し前に日本で桜が開花したと聞きました。

花を待ちわび、愛でる人びとの瞳を
わたしたちみんなの春を
尊いと思う気持ちで
この文を書きました。

ありがとうございます。

二〇一九年三月　ソウルより

キム・エラン

Index

立冬

深夜零時過ぎ、壁紙を張り替えようと妻が言い出した。

――今から？

――うん。

ソファでぐずぐずしていたが、わかったと答えて立ち上がった。妻のほうから何かをやろうと言ってくるのは久しぶりだった。ベランダの収納棚から壁紙を出してきた。少し前に地元の大型スーパーで買った「ＤＩＹ用壁紙」だ。一ロールで二万数千ウォン［一円は約十ウォンに相当］。幅は肩幅ほどでも長さは十メートルを超えるから、手にするとずっしりとした重量感が伝わってくる。壁紙を持ったまま説明書を読んでいるうちに、なんとなく気になってリビングの灯りを横目で見た。それから説明書に目を落としたまま大声で尋ねた。

――ほんとに今やるんだな？

先月、母がしばらく滞在した。二人ともそれどころじゃないだろうから、当面は家事を引き受けるという名目で。母は荷を解いた初日から家のあちこちを精力的に片づけた。郵便物を仕分けして、埃まみれの扇風機を分解すると一枚ずつ羽を拭き、しおれたゴムの木に水をやった。豚肉とうずらの卵をしょうゆで煮つけたり、ちりめんじゃこと しし唐を炒めてひりひりする刺激臭を漂わせたり、海苔を炙ったり、えごまの葉を漬けたり、冷凍庫を整理したりした。そんな母の姿を、妻はたまに虚ろなまなざしで見つめていた。年寄りの悪気のないおせっかいや小言にも黙って耐えているようだった。いや、耐えていたというより気づけなかったというか、気づかなかったというか。かける言葉を探しあぐねた母が、その代わりと言わんばかりに対岸で必死に繰り出しているジェスチャーを妻は受けとめられなかった。受けとめるには少々具合が悪かった。

母が来て十日ほどたった日のことだった。夜中にキッチンで「ぼん!」という音がしたのですっ飛んでいくと、母が赤黒い液体をかぶったまま座りこんでいた。まるでテロの発生現場に居合わせて、肉片と血を浴びてしまった人のように放心状態だった。母の手には筒形の瓶があった。家の前にある保育園から送られてきた木イチゴのエキスだった。送り返すつもりで手もつけずに放置してあったのをいきなり開けたせいで、中身が爆発したみたいに勢いよくほとばしったのだった。赤黒い液体は母の白い肌着だけでなく、ダイニングテーブルとフローリングマット、炊飯器と電気ケトルの上にまで跳ねかかっていた。特にダイニングテーブルの向かいの壁はひどいありさまで、涼やかなオリーブカラーの壁紙一面に赤黒いしみが飛び散ったさまは、隣人を侮辱するためにわざと書き殴った落書きのようだった。

——あらあら、もったいない、どうしよう。

母は当惑した表情で見回していた。

——喉が渇いたんで……あんたたち、ちっとも飲まないし……。

急いで母を助け起こした。

——母さん、大丈夫？　怪我ない？

母は「私も歳とってそそっかしくなった」「まったく、飲めた代物じゃないね、こんなもの売るなんて」「瓶にガスが溜まってたんだろう」と、くり返した。そして浴室へ行こうともせずに、ぐるぐる巻いたキッチンタオルですぐに床から拭きはじめた。普段なら雑巾を洗って使えばいいだろう、どうして無駄遣いするんだと咎めたはずだ。

——そのままでいいよ、母さん。俺がやるから。

中腰のまま、妻をちらっと見た。「そうだろう？　俺たちが片づければいいよな？」と、さりげなく同意を求めたつもりだった。でも、それまで身じろぎひとつしないで横にいた妻は、下品な語調で意外な言葉をぼそぼそと呟いた。

——くそっ……。

母が床を拭く手を止め、顔を上げて妻を見た。しばし静寂が流れた。赤黒くべたべたする液体が長い跡を残しながら、相変わらず壁をぽたぽたと流れ落ちている。妻は気まずい雰囲気などおかまいなしに、こう続けた。

――なんなのよ、これ。

――ミジン。

やめろという意味で、妻の二の腕をそっとつかんだ。すると妻は腹を立てているのか、理解を求めているのかわからない表情で悲痛な叫びをあげた。

――全部、めちゃくちゃになっちゃったじゃない。

ここに越してきたのは昨年の春。分譲面積二十四坪、専有面積十七坪、築二十年の分譲マンションだった。このご時世に借金して家を買うなんて頭でもおかしくなったのかと言われたが、競売に安く出ていた物件だったので簡単に諦められなかった。ほとんどの家が売買価格もチョンセ［賃貸契約時に月々の家賃の代わりに高額の保証金を預け、大家はその利子で収入を得る韓国特有のシステム］の保証金も大差なかったし、条件に合う家をチョンセで借りるのは難しいうえに、引っ越しにうんざりしていたところだった。悩んだ末、この家を買うことに決めた。半額以上を住宅ローンで工面しての購入だった。これから数十年にわたって毎月返済していかなければならない元金と利子を思うたびに気が重くなった。それでも赤の他人の懐じゃなくて自分の空間に注ぎこむ金だと思えば恨めしさも半減した。もっとも、このマンションだってお前の家じゃない、誰かの巨大な懐にすぎないと諭されたとしても、もはやどうすることもできない。妻は、これでもうヨンウが保育園を転々としなくても済むと喜んだ。それが一番うれしいと。さまざまな施設が整っているうえに、ソウルより空気が澄んでいるのも気に入ったと言った。

――ヨンウもここがいい。

一人でブロック遊びをしたり、絵本を見たりしているヨンウが大人の会話に割りこんでくるのはよくあることで、その日も話に入ってきた。

――どうして？　ヨンウは、なんでここがいいの？

びっくりするような突拍子もない言葉があふれるように出てくる時期だったヨンウに、妻が期待のこもった口調で尋ねた。親らしいことをしてやれたという思いからか、答えを聞く前から満足げな表情だった。ヨンウはいつものように口によだれをつけたまま、淡い紅色の舌を動かして無邪気に答えた。

――うん。ブーブーがいっぱい。すごくかっこいいよ。

ベランダの外の八車線道路に通勤の車列が長く伸びていた。

家ができたという事実に、しばらくの間かなり戸惑っていた。自分のものになったのは名義だけで、家は依然として自分の所有物でもないのに。二十年以上にわたって借家から借家へと浮遊を続け、ようやく細くてやわらかい根を下ろした気分。種から出たばかりの一本の根が地中の闇を突き抜けて進むときに周囲へ放射する微かな熱気と嘆息が、そっくりそのまま体内に伝わってくるような感じだった。退社してシャワーを浴び、ベッドに横たわると、妙な自負心と不安が波のように打ち寄せてきた。やっとの思いでどこかにたどり着いたような気分。中心ではないけれど、だからといって円の外側に押し出されたわけでもないという安堵感がため息のように、疲労みたいな顔をして押し寄せてきた。その中にはこれから直面する疲労を予想する疲労、疲れとはなんなのかを知る疲れも含まれていた。それでも、なるべく悪いほうには考えまいと心がけていた。世の家長が経験する不安の中でも、ましなほうを選んだのだと信じこもうとした。そしてそれは、ある意味では正しかった。少なくとも自分には選ぶ自由があったから。マンションの売買契約書に押印し、家に戻ってテレビをつけると、バラエティ番組で芸能人が「新聞ゲーム」をしていた。新聞紙の足を置けるスペースが少しずつ折り畳まれていく中、できるだけ大勢で長時間、踏みとどまるゲームだ。出演者は互いに体を密着させたまま踏ん張り、おかしな表情を見せていた。そうしてるうちに仲間の重みに耐えかねた数人が新聞紙の外に押し出されて脱落していく。あのときは何も考えずにテレビの前で缶ビールを飲みながらくすくす笑っていたが、最近は自分も一緒になって参加しているような気分だ。四分の一や八分の一の大きさに折られた紙の上に片足で立ったまま家族を抱えてぐらついている。だけど最後には生き残ったぞとカメラに向かって笑いかける。大学の同級生は、もう自分の家を持ったのかと羨望の入り混じった祝いの言葉を寄こした。そのたびに「そうは言っても家持ち貧乏だし」と照れくささ半分で弁明した。ある同級生は「それでも俺なんかただの貧乏だけど、お前は家持ち貧乏。まったく、羨ましいよ」と応酬してきた。入居してから両家の親と友人、職場の同僚を招待して何度かお披露目会もした。近しい人たちと料理を分け合い、グラスを傾けた。そんなときは自分たちが債務者だという事実に実感が伴わなかった。マンションの売買契約書と住宅ローンの書類に書き入れた自分の名前が偽名のように思えた。明け方に尿意を覚えてトイレに行くたびに、バスルームの前で灯りの消えたリビングを長いこと見つめた。そうやってあるべきものがあるべき場所に、守るべきものも然るべき場所に収まっているか確認してから、その場を離れたものだった。

妻はインテリアのコーディネートに六ヵ月以上を費やした。引っ越してから暇さえあれば、「狭い家　自分好みのインテリア」とか、「家具リフォーム」、「DIY」について調べながら実行に移していた。以前から妻のほうが定住願望は強かった。大学時代の妻は学生寮に暮らし、卒業後に子ども向け学習誌の訪問教師をしていたときは、敷布団代わりの銀マットを手に読書室［学校や住宅街の近くにある有料の学習スペース。机ごとに仕切られていて、二十四時間営業しているところもある］を転々とした。みんながバーベキューをしたり、ピクニックに行ったりするときに広げるそれを、持ち運びやすくて簡単に捨てられるからと毎日のように敷いて寝ていたのだった。妻は九級公務員［一般職公務員の一番下の職位］の試験を三度受けて全敗し、公務員になる代わりに公務員予備校のメッカと言われる鷺梁津《ノリャンジン》で公務員予備校の事務をしていた。結婚してからは不妊治療と二度の流産の末にヨンウを授かり、五回の引っ越しの末に家を持った。すべて、この十年の間に慌ただしく起こった出来事だった。マンションを手に入れてからの妻は休日のたびにベランダで何かを切って、塗って、組み立てた。十年近く使いこんだベッドや椅子、ダイニングテーブルと収納棚をリフォームしていた。茶色の椅子にクリーム色のペンキを上塗りし、古くなったサイドテーブルをみかん色のペンキで華やかな雰囲気に変身させる、といったふうに。妻は鋸や釘、金槌にヨンウが近づけないよう、必ずベランダに続くガラス戸を締め切って作業した。ヨンウはガラス戸に鼻を押し当てて、泣いたり駄々をこねたりした。そんなときは自分がヨンウをひょいと抱き上げて公園に連れていった。引っ越して数ヵ月の間、家の中はペンキや接着剤、艶を出すための塗料のにおいに包まれていた。「北欧風の家具」だとか、「スカンジナビアンデザインのファブリック」の価格に手も足も出ないと落胆した妻が選んだ苦肉の策だった。妻には定住したという事実だけでなく、実感も必要だったらしい。用途と必要性のみで構成された空間には飽き飽きだ、見た目が美しくないものに囲まれて暮らすのに疲れたとでも言うように。妻は物から機能性を、人生から生活感を取り除いた残りの部分を手に入れたがっていた。

妻がインテリアにもっとも手をかけた空間は、やはりリビングとキッチンだった。オンラインストアで購入した二人掛けのソファをリビングに入れた。布張りで、建築廃材の木材や再利用のウレタンチップを使った安物だった。妻の選択に異を唱えたことはなかった。意見を求められると、「悪くないね」、「いいね」と淡々と答えた。古びたマンションが落ち着いた空間に変わっていくのは悪くなかったし、妻の明るいエネルギーを浴びるのもうれしかった。妻はソファの横に置く、端正なゴムの木も買い入れた。ヨンウが植木鉢の上の化粧石を舐めたり、葉を齧ったりしない年齢になったので可能になったことだった。妻は自分で作った木製の棚に「LOVE」や、「HAPPINESS」といった英単語の書かれた、どう使うのかよくわからないパステルトーンのブリキ缶を置いた。片方の壁にはワイヤーと小さな木製の洗濯バサミを使って洗濯物を吊るすみたいに家族写真を飾り、それでもまだ物足りないと思ったのか、三羽の鳥が止まっているウォールステッカーを貼りつけた。

キッチンの向かいにある小さな部屋はヨンウの子ども部屋にした。ヨンウにとってはじめての、自分の空間だった。普段から隅っこに隠れるのが好きなヨンウのために、妻は市場で裁断してきた布を使ってネイティブアメリカンのテントを作った。ヨンウは赤ん坊のころからどんなところへも器用に潜りこんでは指でつまんだ埃を口に入れ、床に落ちた髪の毛をまじまじと見つめているような子だった。妻は子ども部屋の窓に、アニメのキャラクターが描かれたロールスクリーンを取り付け、ドアにはハングルの表を貼った。カ行の欄には「カンアジ《いぬ》」、ナ行の欄には「ナビ《ちょうちょ》」の写真がついていた。ヨンウはちょうど文字を覚えはじめていた。でも勉強はからっきしなのか、それともまだ幼すぎるのか、字を書かせようと鉛筆やクレヨンを握らせると正体不明の曲線を描いては、妻が丹念に掃除した床を汚した。普段は声を荒げることのない妻だったが、苦心して整えた空間を子どもが散らかすと大声をあげた。そこまで叱らなくてもと思うこともあるほどだった。ヨンウは母親の干渉などお構いなしに、日々あらゆるものによだれをつけて歩き、絵本を破き、音楽が聞こえると上体を左右に揺らし、ダイニングテーブルの下の狭い空間に潜りこんで遊んだ。そしてたまにピラミッド形のネイティブアメリカンのテントの中で、生き生きと赤ちゃん言葉でおしゃべりしているうちに眠ってしまったりした。これには誰も勝てないだろうなと思わせる顔で。じっと見つめていると胸が締めつけられるほど無垢な寝顔だった。不思議なのは、あんな短時間でも眠っている間に肉がついて、顔つきも変わっていくことだった。大きくなるのがもったいないと思うほど子どもの成長は早かった。それを目の当たりにしてはじめて、四季の移ろいが果たしている務めと時間の役割に気づくことができた。三月が担っている役目、七月がやり遂げた役目があることを知った。それは五月や九月も同じだった。

この家を見学したときにもっとも印象的だったのはキッチンの壁だった。古びて散らかった家財道具の中でたった一つ「美」を主張していて、そのくせ派手さ全開で目を引いた。壁にはかなり前に流行った花柄の壁紙が張られていた。艶やかすぎてグロテスクな赤いチューリップがわんさか描かれたアクセントクロスだった。白地の部分には黄色いしみと、ハエの糞かなんなのか、正体不明の黒い点が散っていた。妻は気難しく厳正に判断するような顔つきでキッチンの壁面をしげしげと見た。それから「私がこの家の持主だったら、シンプルで爽やかな色の壁紙にしたと思う」とささやいた。大事なのは収納と配置、配色なのだ。インテリアに対する間違った理解の典型だと、すっかり専門家気取りだった。育児やら仕事やらで美容院にも行けないでいる自分のことは棚に上げて。

――ごちゃごちゃしてるのは、俺たちの家だって一緒だろう。

妻は目を丸くして反論した。

――うちは子どもがいるからでしょ。

家事や育児に少しでも非難めいた眼差しを向けようものなら、妻は過敏に反応した。

――この家にも、子どもはいるみたいだけど?

キッチンの灯りのスイッチに貼られたアニメ『Larva』のシールを指すと、妻はつっけんどんな口調で言った。

――うちはここより小さいじゃない。狭い家はどんなに整頓しても、綺麗には見えないもんなの。

入居する前に妻がまず手をつけたのが、その壁だった。近所のインテリアショップに立ち寄ると、キッチンとリビングの壁はすべて白で統一するが、シンクを挟んで向かい側の壁はオリーブカラーの壁紙を張ってほしいと注文した。オリーブカラーの壁は白い空間のアクセントになった。妻の言葉どおり目にも涼しく、家が広く見えた。妻はその壁ぎわに四人掛けのダイニングテーブルを置いた。マットなアイボリーカラーの脚に淡い柿色の天板が載った、温かみの感じられるテーブルだった。それは食卓とティーテーブルと机を兼ねていた。妻は片側に電気ケトル、緑茶とハーブティーのティーバッグや総合ビタミン剤、ナッツ類を置いた。透明な容器に詰められたコーヒー豆や、見ているだけで満ち足りた気分になるコーヒーミルを並べることも忘れなかった。毎日、そのテーブルを囲んで食事をした。たまに来客があるとリビングに座卓を広げたが、三人のときはほとんどテーブルを使った。妻と自分は背もたれのないベンチ形の椅子に、ヨンウはテーブルのついた折りたたみ式のキッズチェアに座って食事をした。そして、そういう些細でありきたりな一日の積み重ねが季節になり、季節の積み重ねが人生になるのだと学んだ。バスルームに置かれたコップの中の歯ブラシ三本、物干し台に干された大きさの異なる靴下、ちんまりとした子ども用の補助便座を見ながら、こんなにも平凡な物事や風景が、実は奇跡であり事件なのだということを知った。ダイニングテーブルでヨンウに食べさせたり、叱ったり、こちらが呆れてしまうような口答えにやれやれと苦笑いしながらも、親の威厳を保たねばと素早く厳しい表情を作ってみせたり。ヨンウはそこで箸の使い方を覚え、食べ物をこぼし、駄々をこね、椅子の下に潜りこみ、泣き、愛らしい赤ちゃん言葉をピンク色の舌でたどたどしくしゃべった。そう、つまりあの四人掛けのダイニングテーブルで。爽やかなオリーブカラーの壁の下で。マンションの前にある保育園から送られてきた木イチゴのエキスは、そんな場所に飛び散ったのだった。

その後、木イチゴのエキスが爆発した日の話が二人の間で持ち出されることはなかった。母は翌日に家へ戻り、妻と自分は普段と変わらない日常を送ろうと努めていた。そう、つまり昨日と同じ一日、とてつもなく長い一日、妻の言葉を借りるなら、「全部、めちゃくちゃになっちゃった」一日を。たまに世間が「時間」と呼んでいる何かが、早送りしたフィルムみたいにかすめていくような気分になった。風景が、季節が、世の中が、自分たち二人を置き去りにして自転しているような。その幅を少しずつ狭めて渦を作り、自分たち家族を呑みこもうとしているように見えた。花が咲いて風が吹く理由も、雪が解けて新芽が顔を出すわけも、全部そのせいだと思っていた。時間が誰かに対して一方的にえこひいきしているようだった。

春にヨンウを亡くした。ヨンウはバックしてきた保育園の車に轢《ひ》かれ、その場で息を引き取った。四歳四ヵ月。五度目の四季の移ろいを見届けることもできないまま。たまにこちらがかんかんになって怒るほど言うことを聞かなくて問題を起こしたりもしたけど、それはちょうどそういう年頃だったからで、一体どこで覚えてきたのか、パパとママをハグするときは紅葉のような手で背中をぽんぽんしてくれた、もう二度と抱きしめることも、触れることもかなわない子どもだった。何をどうやっても、二度と叱ることも、食べさせることも、寝かしつけることも、あやすことも、キスすることもできないわが子だった。火葬場でヨンウを見送りながら妻は、「さよなら」じゃなくて「おやすみ」と言った。まるでまた会えるみたいに、指で遺影を撫でながらそう言っていた。

保育園の園長は営業賠償責任保険に加入していた。ヨンウを轢いた車も自動車総合保険に入っていたので、妻と自分は保険会社から民事上の損害賠償を受け取った。高いとか安いとかいう世間の物差しや単位では決して計ることのできない代償が支払われ、保育園としてはこれでこの一件は終わったと思っているようだった。運転手を替え、事故が起きたとき現場にいた保育士までクビにしたのに、これ以上何を望むのだと問うているかのようだった。直接そう言われたわけではないけれど、自分たちに対する表情や態度がそう物語っていた。自分が保険会社の社員だからという理由で、口にするのもはばかられるような噂が広まったのもそのころだった。最初は耳にした内容が信じられなくて全身がわなわな震えた。ぞっとしたのは、その噂を信じている人間もいることだった。妻は会社を辞めて家に引きこもり、何もしなくなった。できることなら自分もすべてを放り出してしまいたかった。生活費の口座からは毎月、マンションのローン返済金と高額の利子が引き落とされていき、マンションの管理費と公共料金、医療保険と携帯電話の料金も馬鹿にならなかった。自分の給料だけではまかなえない金額だった。そのころ、保育園の車が加入している保険会社の社員から連絡があった。落ち着いた口調で労《いたわ》りの言葉を述べると、形式的な単語を用いて保険金が支払われる過程を説明した。そうして慎重な態度で一枚の書類を差し出した。署名と口座番号を書き入れる箇所は空欄のままだった。説明されるまでもなく、十分すぎるほどよく知っている書式だった。いつだったかの自分も、彼と同じように事務的な顔で誰かの悲しみと向き合っていたはずだった。書類を前にしばらく何も言えず、外に出ると煙草を立て続けに三本吸った。間違いを軌道修正し、壊れたものを修理するのは家長の役目だった。自分はそう教わって育った。でも、その空欄に口座番号を記入してしまった瞬間、おかしな話だが保育園の園長を許すことになるような気がした。

それからの時間がどんなふうに流れていったのかわからない。思い出されるのはとにかく暗闇。退社してカチッと電気のスイッチをつけると、キッチンですすり泣いている妻の顔、再びカチッと電気をつけると、リビングの隅で肩を震わせている妻のシルエット。発酵が進んで白っぽくなったキムチと、ラーメンに割り入れた瞬間にむかむかするにおいを漂わせながら崩れていった卵、リビングの床に落ちた茶色いゴムの木の葉みたいなものしかなかった。たまに妻はベランダの窓を見ながら同じ言葉をくり返した。

——ねぇ、あなた、ヨンウがいる場所ってさ、ここより良いとこだと思うの。だって、そこにはヨンウがいるんだから。

一度などショッピングカートを引いて買い物に出かけた妻が、ものの十分で戻ってきたことがあった。どうしたのかと尋ねると、みんなが自分を見るのだと、あなたはそんなことないのかと言った。どういう意味かと訊くと、みんながじろじろ見るのだと、子を失った人間はどんな服装をしているのか、子を亡くした人間も試食コーナーで食べるのか、どんなおかずを買って、どんなふうに値段の交渉をするのか、のぞき見るのだと言った。そんなはずはない、過敏に反応しすぎだと説得した。それからの妻はネットスーパーで買い物をするようになった。だんだん外へ出なくなり、ベランダを見つめている時間が増えた。妻まで失うことになるのではと怖かった。

――引っ越すか？

カチッと電気をつけると、小さなネイティブアメリカンのテントの中でうずくまっていた妻に尋ねた。妻は涙に濡れた顔で黙ってうなずいた。翌日、会社の帰り道に不動産屋へ寄った。マンションの相場は自分たちが購入した一年前より二千万ウォン以上も下がっていた。不動産屋を出ると家の前の路地で煙草を立て続けに二本吸った。結局マンションの売却を諦め、妻には「相変わらず買い手が見つからないみたいだ」と言い繕った。もちろん自分たちには手をつけていない保険金の通帳があった。でもそれは、たとえびた一文でも使ってはいけない金だった。一度も話し合ったことはなかったが、妻と自分との暗黙の約束になっていた。

保育園から荷物が届いたとき、妻と自分は不吉な珍しい品物でも見るかのように観察した。どういうつもりなのか意図をはかりかねたからだ。箱には「長寿食品」という社名と、「国産木イチゴ原液一〇〇パーセント」の文字があった。透明なテープをはがすと、小さなカードが現れた。中には「ご声援に感謝いたします。豊かな秋夕《チュソク》［旧暦の八月十五日。祭祀を執り行い、豊作を祈願する祭日］をお過ごしください。おひさま保育園」というお決まりのメッセージが記されていた。秋夕だからと、保育園で子どもたちがこねて作った半月型の蒸し餅をきれいにラッピングして持ち帰ってきたことはあったが、こういうのははじめてだった。妻と自分は誤送されたのだと直感した。ヨンウの一件で悪くなった評判を、せめてそういうやり方で払拭しようとしたらしかった。新任の保育士のミスなのか、住所録を更新していないせいなのかは知る由もなかった。妻はどうしたらこんなに無神経になれるのだと腹を立てた。しかも、ここをどこだと思っているのだと。知っていて送ったのならひどいし、知らずに送ったのならもっとひどいと興奮した。送り返すまで目に触れないところにしまっておかなければと思った。それが二ヵ月前の出来事だった。

キッチンの壁に染みこんだ液体は、ちょっとやそっとのことでは落ちなかった。ぬれ布巾で拭いて、メラミンスポンジでこすって、アセトンをつけたコットンで用心深く叩いてみても駄目だった。布巾で何度も拭いたところは他より目立たなくなったが、しみが完全に消えることはなかった。むしろ跡を消そうとすればするほど凹凸が目立って、壁紙がすり減っていった。いずれにしても新しく張り替えるしかなかった。

母が帰ってまもなく、妻と大型スーパーに行った。二人で買い物に出るのは久しぶりだった。空っぽのカートの手すりを握り、動く歩道に乗った。蛍光灯や乾電池、工具の類を売っているコーナーで降りると、色々な種類の壁紙が積まれた陳列台の前に立った。棚の上には一般的な壁紙やＤＩＹ用壁紙、はがせる壁紙シートと韓紙［植物の皮で作られた伝統的な手すき紙］の壁紙がきちんと並んでいた。その中から「糊付きＤＩＹ壁紙」を一ロール手にすると説明書を読んだ。「水に五秒浸すだけ」「簡単に張れて楽しい」「道具いらず」「もとの壁紙を剥がす必要なし」という謳い文句が見えた。読んでいるだけで自信が湧いてきて、もう壁紙を張り終わったような気分だった。

――これにするか？

妻は眉間にしわを寄せた。

――柄がないのがいいんだけど。

――これくらいだったら、すっきりして見えるんじゃないか？

――他にないの？

――こういうスタイルは嫌なんだろう、違うか？

——うん。

——だったら、これが一番シンプルだけど。細かい柄だから目立たないし。

——……。

——また来るか？

妻が急に目を逸らすと、そわそわしはじめた。

——なんでもいいから、あなたの気に入ったのにして。

壁紙を手にしたまま妻をじっと見た。これまでインテリアに関してはすべて一人で決めてきたのに、自分に判断を委ねるなんて尋常ではなかった。妻は今すぐこの場を離れたがっているように見えた。ふと嫌な予感がして振り返ると、若い女性が片手でカートの手すりを掴んで壁紙を物色していた。カートの中には四歳ちょっとくらいに見える男の子が座っていた。その子のびしょびしょでべたべたの手には、ヨンウが好きでよく食べていた動物の形のお菓子が握られていた。

その後の妻はスーパーなんていつ行ったかしらというように、壁紙の張り替えをすっかり忘れていた。関心がなくなったのか、やる気が萎えたのかはわからなかった。早く退社した日や週末に「今日、張り替えようか？」と尋ねると、「今度」とか「そのうちね」という答えが返ってきた。普段から決して汚れた食器をシンクにためておかない人の態度にしてはおかしかった。妻は洗った後の食器にも水気がない、完全に乾いた状態を好んだ。何事においてもそんなふうに「いつでもすぐにはじめられる状態」が好きなのだと、それでこそやる気が出るのだと言っていた。ぶどうの房を洗うときも、重曹を溶かした水に浸けてから水道水で何度もゆすいでいた。布巾やタオルも過酸化水素だか、過炭酸ソーダだかわからない粉末を入れて定期的に煮沸していた。そんな妻が赤黒い液体に見苦しく染まった壁紙を、乾いた血の跡みたいに浅黒くなっていくしみを、ずっと放置していた。「大体のことは俺一人でもできるけど、張り替えは手伝ってもらわないと」。説得しても無駄だった。そうなるとこちらも疲れていたり、面倒だったりで、それ以上はあえて訊かなかった。それなのに今日、そう、つまり土曜だからと深夜の零時過ぎまでリビングでテレビを見ていた自分に、うつらうつらと瞼が重くなってきて、そろそろベッドに入ろうか悩んでいた自分に、妻は壁紙を張り替えようと言ってきたのだった。

――ミジン、そこちょっと持ってくれるか?

――ここ?

――うん。

妻が巻尺の端を床に押しつけた。端のツメがL字型に曲がっているので床から少し浮いてしまい、下手すると跳ねて戻ってきてしまう。壁紙の上に膝を屈め、二メートル三十センチのあたりに鉛筆で小さな印をつけた。壁のサイズより三センチほど余裕を持たせるつもりだった。

――こういうのが何枚いるの？

――三枚。

――それで足りる？

――うん。十分だ。


同じ大きさの壁紙を三枚、リビングの床に広げた。端正なアイボリーの地に白色の花が細かく散っていた。自分が選んだ壁紙を妻はあまり気に入っていないようすだったが、一方ではどうでもいいといった表情だった。オリーブカラーの壁の下に置かれた四人掛けのダイニングテーブルを妻と一緒に持ち上げて、リビングに移動させた。妻お手製のスツールボックスだけを残して、ベンチ形の椅子とキッズチェアも部屋の隅に片づけた。それから妻と向かい合わせに立って壁紙の両端を持つと、バスルームに向かった。ぬるめのお湯を張った浴槽に壁紙を放ち、糊がふやけるのを待った。しばらくしてからさっきと同じように妻と壁紙の両端を持って、注意深く一歩ずつキッチンへ向かった。水を吸った紙が破れないよう、ガラスを運ぶときのように力加減に気を遣わないといけなかった。文字通り協同作業だった。壁紙が縦長になるように角と角をつまんで背伸びすると、先端が天井のモールディングに届いた。自分の懐の真下で壁紙の裾を持っている妻がこちらを見上げながら言った。

——うちの旦那さんは背が高いのね。

久しぶりに見る笑顔だった。少し寂しげに見える笑顔でもあった。壁紙を半分ほど張りつけると妻がさっと後方にずれて、動けるように空間を作ってくれた。壁紙の裾まで壁に密着させると、シンクの水気を拭きとるのに使っている小さなガラスワイパーをすっすっと滑らせていった。専用の刷毛がなくて、何か適当なものをと探していたときに思いついた方法だった。ガラスワイパーが往復するたびに水にふやけた糊がキッチンの床にぱらぱらと落ちてきた。四方に糊のにおいが広がった。床には新聞紙を敷いてあった。壁紙を念入りに広げていく間、妻はぬれ雑巾で床に飛び散った糊をこまめに拭きとっていた。ほどなく一枚目の壁紙がすっきりと壁を覆った。妻と後ろに下がって正面から眺めてみた。赤黒いしみが汚らしく広がっている横の面に比べ、塵ひとつない清潔感のある空間を見ていると自信が湧いてきた。蛍光灯を取り替えたり、下水のつまりを解消したときと似たような感情だった。

——簡単なもんだな。これならすぐに終わりそうだけど？

シンクで手についた糊をあらかた洗い、妻と二枚目の壁紙の両端を持った。ここからは最初のやり方をそのままくり返せばいいはずだ。ぬるめのお湯が張られた浴槽に壁紙を浸けて糊がふやけるのを待った。おのずと裸のヨンウの小さな体とお尻の薄青いあざ、ぽっこりしたお腹、柔らかくて温かな肌と気持ちのいいにおいが思い出された。妻も同じことを考えているに違いなかった。二人とも一言もしゃべらなかった。

――キッチンの窓、ちょっと開ける?

――うん。

妻がシンク台の前にある小さな窓を開けた。小さくて四角い枠の中につむじ風が吹きこんできた。妻が肩をすぼめる。

――風、冷たいね。

――閉めるか?

――ううん、少し開けておきましょう。においを逃がさないと。

――そうするか? じゃあ、ここの下を持ってくれ。

壁紙の角と角をつまんだまま妻に頼んだ。張り替えの順序とコツをつかんだ妻は再び懐に入ってくると、慣れた手つきで壁紙の裾を持った。自分は立ち、妻はしゃがんでいるけど、二人とも同じ姿勢だった。

――十一月ね。

妻のなんでもない言葉に改めて凍えた。

――そうだな。

――冬の布団を出さないと。

――ん。明け方はちょっと寒かったな。

――ねえ。

――ん。

――四季のある国に住むと、出費もかさむのかな。

――そりゃあな。

――あなた。

――ん。

――一人で働くの、つらいでしょう？

――いや、ずっとやってきたことだし。

――私、あなたの食事の支度もろくにできてない。

――お前こそ、ちゃんと食べろよ。

――あなた。

――ん。

――この張り替えが終わったら、来週……。

――……。

――あのお金、取り崩そう。ローン返さないと。

――……。

もう少しで涙があふれそうだったが、かろうじて堪《こら》えた。金の工面に行き詰まり、よく眠れなくて、あの金を使おうと言ったら妻は自分のことを怪物だと思うんじゃないかと悶々《もんもん》とした日々が思い返された。

——ん？　そうするか。

どうにか呼吸を整えて、淡々と答えた。

——うん。

ガラスワイパーを念入りに滑らせながら凹凸のできたところを平らにならした。そして心の中で、「今日は妻が起き上がる日なんだな、今まさに立ち上がろうとしてるところなんだな……」と思った。だから今日は自分にとっても、ヨンウにとっても重要な日なのだと。壁紙を持つ両腕が力を増す。ガラスワイパーで壁紙をしごきながら壁の中間あたりまで下りてくると妻が再び後方にずれて、動けるように空間を作ってくれた。壁紙の位置があらかた決まると、妻はぬれ雑巾と乾いた雑巾で壁紙の上の糊を拭った。

——ここに越してきて、ほんとに良かったのに。あなたもそうだった？

——ん。

——私たちが住んだ家の中で一番だったでしょ。ねえ？

そうだった。目が冴えてしまうほどうれしかったんだった。ようやくどこかにたどり着いたような気分。中心ではないけれど、だからといって円の外側に弾き出されたわけでもないという大きな安堵感が押し寄せてきたんだった。このレベルなら身の丈以上のところまで来たのだと。欲をかかずに感謝しながら生きようと心に誓ったのが昨日のことのようなのに。ヨンウがこの世を去ってから急にとてつもない静寂に包まれたこの家で、妻と二人で今にも破れそうな壁紙を手にしているなんて、最後にたどり着く場所はほんとうにここだったのだろうか、と思った。絶壁のように切り立った、この壁の下だったのかと。二十年にわたって借家から借家へと浮遊を続け、ようやく根を下ろしたところは、ようやく落ち着いたと安心した場所は虚空だったんだと思った。

——あなた、あそこの壁紙、しわが寄ってるみたい。やり直さないといけないんじゃない？

——どこ？

——あそこ。

——大丈夫だよ。何日かすればくっつくだろう。

——そこは？　曲がってるみたいだけど。

——どこ？

壁から数歩下がって、壁紙の柄と縦のラインを見比べてみた。

——俺にはよくわかんないけどな。

——ううん、こっちに少し傾いてる。

——あ、ほんとだ。

二枚目の壁紙をそっと剝がしてバランスを合わせると同じ場所に張り直した。まだ糊が乾いていなかったおかげで修正することができた。

三枚目の壁紙を張りさえすれば、すべて終わるはずだった。妻と残りの一枚を持って浴室に向かった。

――一度にふやかして、畳んでおけばよかった。

――糊が乾いちゃうかなと思ったからさ。

――ちょっと待って、これどかすから。

妻が壁際にあったスツールボックスを後ろに移動させた。普段はヨンウのキッズチェアの横に置いて、補助用の椅子や収納ボックスとして使っていた。ダイニングテーブルをリビングに移動させたときに一緒に片づけようかと思ったのだが、壁紙を張り替えていて手の届かないところがあったら使おうと、そのまま置いてあったのだ。持ち上げると、床にスツールボックスの形そのままの四角い埃が姿を見せた。妻が雑巾を濡らしている間、二枚目の壁紙の横に三枚目を重ね合わせた。雑巾がけの動きに合わせて揺れる妻の小さな背中が見えた。早く埃を拭き取って、自分の懐の真下で壁紙の裾を持ってくれと思った。それなのに忙しく雑巾がけしていた妻が、急にぴくりとも動かなくなった。

――おい?

――……。

――ママ？

――……。

――ミジン、どうした？　なんかあったのか？

壁紙の角と角をつまんだ両手を壁から離せないまま妻を見下ろした。

――ここ……。

――うん？

――ここに……ヨンウがなんか書いてる……。

――……なんだって？

――ヨンウが自分の名前を……書いてる。

妻が震える手で壁の下を指さした。

――でもね、全部は……書けてないの。

――名字と……。

妻の肩がかすかに震えていた。

――……。

――名前のヨと……。

――……。

――ヨと、ううん、それしか書けてない……。

妻がうっうっとおかしな声をあげたかと思うと、ついに泣き出した。ヨンウが自分の名前を書くのを一度も見たことがなかった。たまに床やスケッチブックに絵とも字ともつかない何かをくねくねと描いていたのは知っていた。でも一人で座ることも、はいはいもできなかった子どもが、いつのまにかぐんと大きくなって「キム」や「ヨ」を書いていたなんて、誇らしくて頭でも撫でてやりたい気持ちだった。ヨンウの黒髪はどれほど艶があって柔らかかったか。一度だけ、もう一度だけヨンウを抱きしめたかった。抱きしめられるなら、どんなことでもするのにと思った。キッチンの窓から十一月の風が激しく吹きこんできた。

——思い出すな。

——何が。

——ヨンウの目。

——……。

——炎を見つめてた、うちの子の目。

——……。

——私の誕生日に、あなたケーキを買ってきたじゃない。ダイニングテーブルで一緒にロウソクに火をつけて。あのときヨンウ、生まれてはじめてロウソクの炎を見たの。なんだかすごく不思議なものみたいに、じっと見つめてたでしょ？　あの日ね、まだ二歳にもならないヨンウに冗談のつもりで、「ヨンウ、今日はママのおたんじょうびなんだけど、ヨンウは何をしてくれるのかな？」って訊いたの。そしたらヨンウ、どうしたと思う？　まだ話もできないあの子が何を考えこんでるのかと思ったら、いきなり手を叩きはじめたのよ。ヨンウが、私に拍手してくれたの。生まれてきたねって……。

妻は何千人もの観客からスタンディングオベーションを送られたピアニストみたいに泣いていた。人びとが投げた花に囲まれたまま。花にうずもれたまま。軒下で雨宿りしている人みたいに、自分がぎゅっとつかんで立っている壁紙の下ですすり泣いていた。アイボリーの地に名前も知らない白い花が細かく描かれた壁紙の真下で。するとその花が妻の頭上にわざと投げこまれた弔花のように見えてきた。まだ生きている人間に向かって悪意をこめて投げ入れた菊の花みたいだった。妻と自分は知っていた。最初は悲しみや弔意を示してきた隣人が、どんな態度をとるようになったかを。彼らはまるで巨大な不幸に感染するとでもいうように自分たちを避け、ひそひそと噂話をした。だから白い花がたくさん描かれた壁紙の下にうずくまる妻を見ていると、近所の人たちから花の鞭で打たれているように思えてきた。よってたかって「これだけ泣いてやったんだから、もう泣くな」と、茎の長い花で妻に鞭を加えているように見えてきた。

――他人《ひと》にはわからない。

ぼんやりと妻の言葉をくり返した。

――他人にはわからない。

そして自分は妻を完璧に理解していることに気づいた。妻が呆然とこちらを見上げた。空っぽの瞳は灯りの消えた蛍光灯みたいに真っ暗だった。妻は片方の手でヨンウが書いた、いや、書きかけた名前を撫でさすった。今にもどこからかヨンウがとことこ走ってきて脚に抱きつくような気がした。「ぽんぽん」なんて、どこで覚えてきたのか、何も言わずにママの背中を叩いてくれそうな気がした。でも、そんなことは起こらなかった。これからも決して起こらないのだろう。そんな単純な事実が胸をえぐった。降参だ。ついにうなだれると、キッチンの床に大きな涙がぽとりと落ちた。でも、この瞬間ですらも壁紙から手を離すことはできなくて、だからといって離さないわけにもいかなくて、両腕を上げたまま立たされている子どもみたいに立ち尽くしていた。水でふやけた糊が自分の体内から出た膿みたいにぱらぱらと落ちた。寒波到来にはまだ早いというのに全身がおののいた。両腕がわなわな震えた。

ノ・チャンソンとエヴァン

二年前、チャンソンは父親に死なれ、夏休みを迎えた。父親は路肩で事故に遭った。運転していたトラックが転覆して父親もろとも燃えたのだと祖母から聞かされた。

しばらくの間、家には見慣れない人たちが出入りしていた。チャンソンは縁側に寝転がって、プラスチックのパトカーをいじるふりをしながら大人たちの会話を盗み聞きした。横を向くたびにキーキー音を立てる扇風機が、「約款」とか「故意」とか「証拠」といった言葉をだるそうに運んできた。外では蝉が鳴いていた。大人たちの一人が、チャンソンの父親は「偶然に死んだのではない」と話していた。正確にそう言ったわけではないけれど、チャンソンはそう理解した。保険金は一文も支払われなかった。

長くて蒸し暑い夏だった。

チャンソンはK市を通る高速道路のサービスエリアの近くに住んでいた。隣近所といったら山のふもとに点在する数軒の農家がすべてだった。祖母はサービスエリアの軽食コーナーで働いていた。給食のない長期休みに入ると、チャンソンはサービスエリアで腹ごしらえすることが多かった。小学生の足で四十分の道のりを歩いて到着すると五分で器を空にして、また家まで歩いた。祖母は食費と小遣いを兼ねて、毎日二千ウォンずつチャンソンに渡していた。天気の悪い日や、そのまま帰る気になれないとき、チャンソンは藤棚の下のベンチに腰掛けて観光客のふりをした。そうしていると自分もそこに立ち寄った人、ひと休みしている人、遠くから帰ってきたばかりの人や、どこかに旅立つ人になった気がした。だから何時間も座り続けることもあった。不快指数は高く、夏休みは長く、その年の夏はどういうわけか、すべてにうんざりしていたから。

軽食コーナーで雇われる前、祖母はサービスエリアとサービスエリアの間に設けられた簡易休憩所で何年かコーヒーを売っていた。路肩を拡張して作られた駐車スペースに、移動式トイレと錆びついた運動器具が置かれた場所だった。連日の豪雨で道路に水煙が立ちのぼり、黄砂で前が見えなくても、祖母はいつも同じ場所に座って客を待った。当時のチャンソンは人生の教訓をいくつか学んだが、それは金を稼ぐには我慢が必要だということ、そして我慢したからといって必ずしも何かが補償されるわけではないということだった。チャンソンはそこで鳥のさえずりと風の音、自動車の排気ガスと大人たちのあくびを食べて育った。昼日中、車内でそろって眠りにつく彼らは疲労に虐殺されたように見えた。あるいは簡易休憩所そのものが自動車の墓場みたいだった。チャンソンが駄々をこねたり大声で泣いたりすると、祖母は唇に手をあてて厳しく咎《とが》めた。当時のチャンソンにとってもっとも重要な仕事は、大きくなることでも遊ぶことでもなく、大人の眠りの妨げにならないことだった。

夕刻、地平線の向こうに果てしなく広がるアスファルトに赤い光が滲むと、祖母は自ら一日の労をねぎらうように煙草を取り出してくわえた。慣れた手つきでうつむきながら火をつけると、「主よ、我を赦し給え……」と言った。

——ばあちゃん、赦しってなあに?

キャスター付きのクーラーボックスの横で泥遊びをしていたチャンソンが訊いた。

——なかったことにしようってこと?

祖母は答える代わりに、頬のえくぼが落ちくぼむほど深く煙草を吸った。紫煙がたちの悪い噂みたいに一瞬で肺の中を掌握していく感覚を堪能した。その噂を最初に流したのは自分であるかのような、ほんの少しの罪悪感と喜びを感じながら。

——そうじゃなかったら、忘れてくれってこと?

チャンソンが答えをせがむと、祖母はやせ細った指で煙草の灰をとんとん落としながら気のない口調で答えた。

――見なかったことにしてくれって意味だよ。

夕方になると二人は庭の片隅の水道で体を洗った。石鹸を泡立てた手で襟足や耳の穴、鼻の穴の中に入ったすすを洗い流した。祖母はしみだらけの顔に乳液を塗ると、厚い布団を二枚敷いた。そして掛布団の上に座ってその日の稼ぎを数え、まだ小学生にもなっていなかったチャンソンに尋ねた。

――お前、大学には行かないだろう？　そうだよね？

チャンソンは掛布団の上に寝転がって、テレビアニメの主題歌を口ずさみながら答えた。

――なにそれ？

チャンソンをじっと見ていた祖母は、「お前の言う通りだよ」とうそぶいた。

田舎の夜は長くて退屈だった。祖母は電気代がもったいないと、宵の口から家中の電気を消して床に就いた。チャンソンは祖母のいびきを聞きながら、瞼が重くなるまで天井を眺めていた。退屈で仕方ないときは暗闇の中で一人、小さな手をもぞもぞさせて色々な形を作り出した。親指をぴんと立て、残りの指を二本ずつくっつけると、自分の体から一匹の犬を呼び出した。ドーベルマンやシェパードに似た番犬だった。

「こんなとき、スマホがあったらな」
チャンソンは父親が携帯電話のライト機能で天井に光を放っていたのを思い出した。壁に映し出す犬の影絵を、その光で作ったのだ。チャンソンは両手の指を広げたりすぼめたりしながら犬が吠えるジェスチャーをした。光がないせいで自分の影を持てない小さな犬が、チャンソンの手首の周りで声を出さずに吠えたてた。

一日、また一日が過ぎていった。塀の外から聞こえてくる蛙の鳴き声は蟬の声に、そしてコオロギの声に変わった。祖母はたまにチャンソンに頬ずりしながら、「うちのワンちゃん」と言った。普段はスキンシップを渋る祖母の抱擁が気まずくて、うれしくて、チャンソンは中途半端に笑った。
——うちのワンちゃん、早く大きくなあれ。早く大きくなって、ばあちゃん孝行しなきゃな?

眠れないときのチャンソンは暗闇の中で何もない壁を見つめながら色々なことを考えた。たまに祖母が教えてくれた「赦し」という言葉を思い返した。なかったことにも、忘れることもできない出来事はどうなるのだろう。そういうのはみんな、どこへ行くのだろう。神さまはどうして、ばあちゃんのことをしょっちゅう見逃してくれるのだろう。二人は仲良しなんだろうか。一年、また一年が過ぎていった。祖母は簡易休憩所からサービスエリアに移り、チャンソンもまた大きくなって所かまわず泣いたりはしない少年になっていた。でもそうは言っても、父親の死に直面したら泣かないわけがない九歳になっていた。

＊

チャンソンがその犬と出会ったのは父親を亡くして一ヵ月ほど過ぎたころだった。チャンソンは祖母の働く高速道路のサービスエリアでその犬を見かけた。犬は男性トイレの脇にある花壇の鉄柵につながれていた。いろんな血が混じっていて正確な犬種を言い当てるのは難しい、小さな白い犬だった。犬は四本の足ですっくと立ったまま、道路の果ての一点を穴が開くほど見つめていた。まるでそうしていれば自身に起きた出来事を理解できるとでもいうように。鉄柵と犬の間のリードはちぎれそうなほど、ぴんと張り詰めていた。チャンソンは犬に一瞥《いちべつ》をくれると興味なさそうに前を通り過ぎた。そして祖母が働く軽食コーナーに昼食を食べに向かった。

その日の夕方。チャンソンはサービスエリア内のファストフード店で、夏休みのセール商品のジュニアセットを食べていた。同じ日に二度もサービスエリアに来ることはめったにないが、急に薬のお使いを頼んできた祖母がお詫びにとご馳走してくれたのだった。チャンソンはハンバーガーを食べ終わると、コーラの入った紙コップを手に外へ出た。藤棚のベンチに向かう途中、昼間の白い犬がまだ花壇につながれているのを目にした。犬はこの半日でずいぶんとしょんぼり元気をなくしていた。気品をまとって遠くを見ていた姿はどこへやら、ぶすっとした顔で耳と尾をだらりと垂らしたまま寝そべっていた。黒い瞳には飼い主に対する恨みや憎しみよりも、「自分が何したっていうんだ」という疑問と自責の念が宿っていた。チャンソンは以前にもこういう犬を見かけたことがあった。夜中に路肩へ捨てられ、前を行く車を死に物狂いで追いかけていった犬たちだった。

「せめて車に轢かれて死ぬことのないように、つないでったのかな」

チャンソンはサービスエリアに取り残された犬たちがどこへ行くのか知っていた。運が悪いと、どうなるのかも。残念だけどその犬のことも、大人の手に任せるつもりだった。

「その前に」

チャンソンは舌をだらりと垂らして荒い息をしている白い犬を見下ろした。

「水でもあげようか」

チャンソンは犬を見つめたままコーラをストローで飲み干した。そしてプラスチックのふたとストローをゴミ箱に捨てると紙コップに手をつっこんだ。

——……?

白い犬がぼんやりとチャンソンを見上げた。少し警戒しているようすだったが、目に力がなかった。チャンソンは勇気を出してもう一歩近づいた。白い犬はチャンソンの周囲をぐるぐる回りながらにおいをかいだ。そして何かを決心したようにチャンソンの手のひらに鼻を押し当て、くんくん鳴いていたが、やがて舌を出して氷を舐めはじめた。その瞬間、ぐにゃっとして、冷たくて、生暖かくて、くすぐったくて、柔らかなものがチャンソンをえぐった。生まれてはじめての感覚だった。チャンソンは目をぱちくりさせた。犬はぺろりと氷を口に含むとがりがり噛んだ。がりっ――　がりっ――　氷の砕ける清涼な音がチャンソンの耳にも届いた。チャンソンは手のひらをじっと見下ろした。氷は跡形もなく消えていて、手には水滴だけがうっすらと残っていた。そのときチャンソンの内側にも不思議な痕がついたけれど、それがなんなのかはわからなかった。犬は上目遣いで、白くて長いまつ毛をこちらに見せながらチャンソンを凝視した。チャンソンは慌ててコップに再び手をつっこんだ。二年前の出来事だった。

＊

――エヴァン。

チャンソンは犬をそう呼んだ。

――どうした、エヴァン。具合でも悪いのか？

人間の年齢でいうと七十過ぎの老犬をチャンソンは弟扱いした。どういうわけかエヴァンが自分より長く生きてきた弟、人生経験の豊富な弟のように感じていた。チャンソンがはじめて「エヴァン」と呼んだとき、エヴァンはあらぬ方を見つめていた。当然だった。それは彼の名前じゃなかったから。チャンソンは残念そうな素振りを見せることもなくエヴァンを撫でた。エヴァンに自分の知らない半生と歴史があることを認めようと努力した。それでもたまにエヴァンの過去がひどく気になった。以前はなんて呼ばれてたんだろう？　飼い主は良い人だったのかなあ？　どんなとこに行ったんだろう？　僕より遠くまで行ってみたことがあるんだろうな？　かっこいい映画とかドラマのワンシーンみたいに、飼い主と海辺を走ったりとかしたのかな？　そのときのこと覚えてるのかな？　覚えてるのっていいことなのかな？　だとしたら、今はどこに行ってみたいのかな？

祖母はエヴァンを見るなり難色を示した。犬一匹飼うのは人ひとり育てるのと同じぐらい手がかかると首を横に振った。

――まあ、お前も人間を育ててみなきゃわからないだろうけどさ。

祖母は嫌悪感の見え隠れする目でエヴァンを眺めた。

――しかも、よぼよぼじゃないか。

――この子、年寄りなの？

――そうさ。歯を見てごらんよ。人間だろうが動物だろうが、毛が抜けて歯がだめになったらおしまいだって。お前はそんなことも知らずに犬を飼おうってのかい？

チャンソンが「そうなの？」という表情でエヴァンの背を撫でた。短くてごわごわ、祖母の言う通りで毛には艶と呼べるものがなかった。

――四の五の言わずに、明日になったら元の場所に置いてきな。

チャンソンの顔に失望の色がよぎった。

――そうしなきゃ、だめ？

祖母はチャンソンと目も合わせず、床に落ちた犬の毛をテープで剝がした。

――家に犬がいたら泥棒も入ってこないと思うよ、ばあちゃん。

――やかましいわ。孫の飯代だって満足に稼げないでいるのに、この歳になって犬の世話……はあ、糞とかおしっこはまたどうするのさ。

柔らかな頰とさらさらの唾液を持つチャンソンと違って、祖母は老いがどんなものかを知っていた。老いるとは肉体が徐々に液体化していくことを意味していた。弾力を失い、ぶよぶよになった体の外側に汗と膿、唾液と涙、血が次々に漏れ出すことを意味していた。祖母は老犬を迎え入れて、日々その過程を実感するようなことはしたくなかった。

――餌は僕たちの食べ残しをあげればいいじゃん、ねえ？

祖母が乱暴な手つきで床にテープを押しつけながら、「くそったれ、犬の毛ったら、きりがないね！」と、ぶつくさ言った。梃子《てこ》でも動かぬ祖母に焦ったチャンソンはあることを口走ってしまったのだが、それというのが言った本人もびっくりの内容だった。そう、つまりエヴァンに……自分が「責任」を持つと。生まれてはじめて口にした言葉だった。

そのころのチャンソンは悪夢に苦しめられていた。祖母が「お前も大きくなったんだから、もう一人で寝なさい」と、父親が使っていた部屋を明け渡してくれてからだった。いつも似たような夢だった。小型の冷蔵トラックが迫ってくる。トラックの中には毛をむしられた生の鶏肉がぎっしり積まれている。真っ暗な道路を疾走していたトラックは、センターラインに立つチャンソンを発見すると急カーブを切った。そして、そのままバランスを崩すと前方の断崖にダイブした。絶壁の下から爆発音と同時に火柱が立った。チャンソンは路肩の周りを焦ったようすでうろうろする。あそこに、まだ人がいるのに。僕の知ってる人みたいだけど。集まったやじ馬が、「どこからかおいしそうなにおいがする」とざわつく。チャンソンは大人たちに「助けて」と叫んだ。すると不意に現れた祖母が唇に指をあて、「しーっ」と言う。愛情深い声で「泣くんじゃない、泣くんじゃないよ、坊や」とチャンソンをなだめる。

——お前が泣くと

——……。

——お客さんが起きちゃうだろ。

エヴァンを家に迎えた日、チャンソンは夢も見ずにぐっすり眠った。エヴァンが自分のことを守ってくれたのだと思った。いつかエヴァンに何か起きたら、自分も必ずエヴァンを守ってあげなきゃと心に誓った。その日からチャンソンとエヴァンはいつも一緒に寝た。誰かをぎゅっと抱きしめて眠る気分がどんなものか、はじめて知った。エヴァンの温かくて小さな体が呼吸に合わせて上下するのを見るだけで穏やかな気持ちになった。エヴァンのぷにぷにした足の裏を指でいじくりながら、チャンソンはよくひとり言をつぶやいた。

――あのさ、エヴァン。これ見てよ。いっぱい貯めただろ？　三万ウォン以上あるんだよ。何に使うのかって？　うーん、大きくなって、いつかここを離れることになったら、僕もサービスエリアに寄ってコーヒーでも飲もうかなと思ってさ。

エヴァンは自分の足にあごを置いて、ゆっくり瞬きすると眠りに落ちた。その後もチャンソンのおしゃべりは夜通し続いた。

――お前さあ、骨肉腫って知ってる？　どっかのサボテンの名前みたいじゃない？　そういうのがあるんだって。お父さんがその病気にならなかったら、僕も知らなかったと思うよ。

一日、また一日が過ぎていった。人間の時計で二年、犬の暦で十年の月日が流れた。チャンソンとエヴァンはいつからか、お互いをもっとも頼りにするようになっていた。動きが鈍くて耳は遠かったが、エヴァンも他の犬と同じようにボール遊びと散歩が大好きだった。チャンソンが毛羽立ったテニスボールを遠くに投げると、眼前から消えたエヴァンは必ずボールと一緒に再び現れた。何かを取って戻ってくるのはエヴァンの得意技の一つだった。チャンソンはたまにエヴァンが咥《くわ》えて持ってきてくれるものが、ボールじゃなくて別の何かみたいに感じることがあった。そしてボールだけどボールじゃないその何かが自分を変えたことを知った。

ところが、エヴァンのようすが最近ちょっとおかしかった。

*

祖母は夜の十時過ぎに帰宅した。片手に黒いビニール袋を持っていた。

――電子レンジでチンして食べなさい。

チャンソンは袋の中をのぞきこんだ。アルミホイルの間から砂糖をまぶした丸いじゃがいもが見えた。チャンソンは仕事帰りの祖母の後をついて回った。

――ばあちゃん、エヴァンが変なんだ。

――いま食べないなら冷蔵庫に入れときな。

祖母は身の回りの品を入れて持ち歩いている鞄を寝室の床に放り投げるように置いた。

――ばあちゃん、エヴァンが餌を食べないんだ。

――歳とるとそうなるんだよ、歳をとったからさ。

――あのね、ボールを投げても動かないんだ。歩いてるときも、すぐに座りこんじゃうし。

祖母はすべてが煩わしいというように腕を振り回した。それから、どっこらしょと声を出しながら布団を敷いた。

――ほら、見てよ。ああやって自分の足をずっと舐めてるんだ。一日中ずっと。さっきなんて僕が足を触ったら、いきなり噛もうとしたんだよ。

布団に横たわろうとしていた祖母が上半身を起こしてチャンソンを見た。

――違うよ、ほんとに噛んだんじゃなくて、噛む真似をしただけ。

祖母が目をつぶったまま額に手をやった。

――ばあちゃん、エヴァンさ、病院に連れていかなきゃいけないんじゃない？

――馬鹿なこと言ってないで寝なさい。家中の電気がつけっぱなしじゃないか。

祖母の半袖シャツの袖口にうっすらとキムチの汁がついていた。チャンソンは祖母の横に座ることも立つこともできないまま、ぐずぐずしていた。

――ばあちゃん、エヴァンを病院に連れてくべきだと思うんだけど。

かっとなった祖母が怒鳴った。

――犬を病院に連れてくだって？　人間だって行けないってのに。だからもとの場所にワン公を捨ててこいって言っただろうが。ばあちゃんがストレスでおかしくなる前にさっさと寝な。

犬屋にシロを売っぱらっちまう前に。早く！

——シロじゃないもん！

チャンソンが珍しく大声をあげた。

——なんだって？

すぐに曖昧な口調でおずおずと答えた。

——エヴァンだよ。

祖母がため息をつきながら、さっさと出て行けと言わんばかりに手を振った。チャンソンはそれ以上何も言えず、自分の部屋に戻った。チャンソンは暗い部屋に横たわると天井を見つめた。そしてしばらくすると、プラスチックのパトカーの中に隠してあった三万ウォンを取り出して財布に入れた。

＊

——どこが悪いのかな？

——動物病院の医師が尋ねた。

——エヴァンの具合が悪いみたいなんです。

——この子はエヴァンっていうの？

——はい、『ターニングメカード』っていうアニメに出てくるキャラクターの名前です。

——そうなんだ？

医師が作り笑いを浮かべた。地方のニュータウンでは評判と噂が何よりも重要だった。

——はい！　一番好きなキャラクターです。エヴァンはターニングカーっていう車なんだけど、メカードっていうカードに向かってシューティングすると、メカニマルに変身するんです。

医師はチャンソンの言葉の意味がほとんど理解できなかったけど、カルテを見ながらいかにも経験豊富な大人といったようすで話題を変えた。

——それからきみは……ノ・チャンソン？

——えっ？　はい……。

チャンソンが消え入るような声で答えた。フルネームで呼ばれるときは、ろくなことがなかった。教務室でもそうだし、父親が入院していた総合病院でもそうだった。

——それで結局、君は賛成《チャンソン》なのかい、反対なのかい？

自分の名前に関する駄洒落は耳にたこができるほど聞かされてきたし、もううんざりしていたので、チャンソンは答えるのも面倒くさいというように肩をすくめた。

——先生の冗談がつまらないっていう意見には賛成です。

医師は再び乾いた笑みを見せた。

――うん……。ところで飼い主の名前がノ・チャンソンになってるね？　一人で来たのかい？ご両親は？

エヴァンが緊張しているのは明らかだった。病院特有の消毒薬のにおい、ひんやりした気配がエヴァンを居心地悪くさせているようだった。医師はエヴァンの足を見るなり驚いて、「うわあ、すごく痛かっただろうね？」と言った。ここまでの大きさになっていると、他の場所にも腫瘍が広がっている可能性が高いと。

――腫瘍ですか？

――そうだよ、癌。

――癌ですか？　犬も癌になるんですか？

――もちろん。

チャンソンは癌が何かを知っていた。癌にまつわるにおいっていうか、悲鳴、そして精も根も尽き果てた顔を。

――詳しいことは検査結果を見ないとわからないけれど、良い状況じゃないのは確かだね。

――検査ですか？

――うん。血を抜いて、レントゲンも撮って。

――それって……全部やるといくらになるんですか？

——まあ、検査の内容によるけど。きちんとやるつもりなら高額になるだろうね。明日、ご両親とまた来るかい？

チャンソンはズボンのポケットの財布を見えないようにまさぐった。

——じゃあ、先生があの検査はやる、あの検査はやらないって決めることもできるんですか？

——まあ、そうとも言えるね。

——じゃあ、あの……三万ウォン、いや、二万五千ウォン分だけ検査してください。

帰り道、チャンソンの表情は暗かった。バスの窓の向こうで八月の草木の緑が無慈悲に、悠然と揺らめいているのが見えた。陽光も風も以前のままなのに、いきなり違う世界にやってきた気分だった。同じ風景が数十分の間にがらりと変わることもあるという事実に驚いていた。

「お父さんもそうだったのかな？」

チャンソンは下を向いてエヴァンを眺めた。エヴァンはかすかなバスの震動を感じながらチャンソンの膝の上でうとうとしていた。チャンソンは医師から聞いた話を一つひとつ思い返した。「手術はしてもしなくてもいい」ってどういう意味なのか、よくよく考えてみた。こういうとき自分が何をすればいいのかわからなかった。ふと冷たい湿り気を感じて膝の上をそっと見た。はいているベージュの半ズボンにテニスボールほどのこげ茶色のしみが見えた。しみは不完全な形の円を描きながら徐々に広がっていった。

――どうしたんだよ、エヴァン。こんなことなかったのに。

チャンソンはエヴァンの耳にささやいた。エヴァンを責めるというより、周囲に弁解するためだった。夏ということもあって、小便のにおいはすぐ車内に広がった。少しの間だけ我慢しようかと思っていたチャンソンは二つ手前の停留所でバスを降りた。あぜ道にエヴァンを下ろし、優しい口調で話しかけた。

――エヴァン、ちょっとだけ歩いてごらん、ね？

エヴァンは地面にひっつくように伏せたまま、ぴくりともしなかった。チャンソンは仕方なくエヴァンを胸に抱いて、黄昏時のあぜ道を歩いた。夏の盛りに犬を抱いて歩くと、数分でTシャツがびしょ濡れになった。

――もう着くよ、少しだけ我慢して。

病院でエヴァンの聴力が落ちていると聞いた後だったから、普段よりも声を張り上げた。あちこち頭をぶつけるなら明らかに視力も低下しているだろうと言われた。なんとなく気の毒になって、チャンソンはエヴァンの頭を黙って撫でた。エヴァンの口角がかすかに上がった。反対に目尻は緩やかに下がっていて、人間の笑った顔に見えた。チャンソンは顔を上げると家までの距離をうかがった。田んぼに張られた生ぬるい水の上を蜻蛉《かげろう》が丸く群れをなして飛んでいた。まるで空中に時間の水煙が立ちのぼったみたいだった。もうすぐエヴァンに餌をあげる時間だと、チャンソンは歩みを速めた。

その晩、祖母は深夜零時を過ぎてから帰宅した。祖母は縁側に上がってくると、ポケットからラップにくるんだイカのバター焼きを取り出してチャンソンに渡した。

——シロにはやらないで、お前一人で食べるんだよ。やるんなら頭の部分だけにするとか。

——ばあちゃん、酒飲んできたの？

チャンソンは祖母から酒気だけでなく、香水が香るのを感じた。祖母は答える代わりにナイロン素材のバッグから煙草の箱を取り出した。そうして一本だけ残った煙草をつまみ出すと火をつけてから、ため息でもつくみたいに小さく呟いた。

——主よ、我を赦し給え……。

チャンソンはエヴァンを連れて一人で病院に行った話をするかどうか、ためらっていた。

——明日は日曜なのに酒飲んでどうすんのさ？　教会には行かないの？

——ああ。

——なんで？

——なんとなく。

——誰と飲んできたの？

——引退牧師さんと。

チャンソンは引退牧師がどんなに善い人なのか、祖母から何度も聞いて知っていた。父親の葬儀を手伝ってくれたのも、保険会社が保険金の支払いを拒否したときに訴訟について調べてくれたのも、祖母が通っている教会の引退牧師だった。印紙代だの送達費用だのという難解な単語を前に、戦々恐々としていた祖母の大きな力になってくれたのも牧師だと言っていた。保険金の請求訴訟は棄却されたけど、「それでもあそこまで闘えたのは、すべて牧師さんのおかげだ」と祖母はくり返し言っていた。チャンソンは祖母の言っていることを半分も理解できなかった。

——牧師さんが、もうばあちゃんには会いたくないって。

——どういう意味？

——どういう意味って。どんな意味があるっていうのさ。あ、それから、これ。

祖母は話題を変えると、ポケットから何かを取り出した。

——お前、前から欲しいって言ってただろ？

——なあに？

——サービスエリアの所長が携帯を替えたからってくれたのさ。液晶画面がちょっと割れてるけど、電話はできるって。欲しければ持ってってていいって言うから、うちのワンちゃんにあげようともらってきたんだよ。なんでもＳＩＭだか、チップだか、それだけ入れれば使えるってさ。

チャンソンは目をぱちくりさせながら、その旧式のスマートフォンを受け取った。祖母の言う通り左端にクモの巣状の小さなひびが入っていたが、この程度だったら問題なかった。

――炊飯器にご飯残ってるだろ？

チャンソンはスマートフォンを見つめたまま答えた。

――うん。

――じゃあ、ばあちゃんは先に寝るから、少しだけ遊んだら寝るんだよ。シロの餌入れから腐ったにおいがしてたから洗っておきなさい。

祖母は空になった煙草の箱に唾を吐くと煙草をもみ消した。そしてよたよたと真っ暗な寝室に入っていった。


チャンソンは自分の部屋で横になり、電源も入っていないスマートフォンをいじり続けた。そして休み時間のたびに携帯電話のゲームに熱中するクラスメートを思い出していた。機械なのか生き物なのかわからない小さな物体が四角いモニターの中でうようよしながら砕け散る姿を、友だちの肩越しにしょっちゅうのぞき見していたのは確かだけど。チャンソンはその世界のことがずっと気になっていた。友だちが携帯メールだけで会話したり、チャンソンが勇気を出して話しかけても液晶画面から目を離さずに答えたりすると、ますます知りたくなった。チャンソンは友だちとのコミュニティが機能する原理と語彙から疎外されていた。ところが降って湧いたように、それが現れたのだった。まだ通信会社との契約も開通もしていないけど、機器があればいつでも自分の見たい世界とつながれる気がした。ふと静寂を感じたチャンソンは周囲を見回した。一日中うんうん苦しみながら後ろ足を舐めていたエヴァンが隣でぐったりと眠っていた。チャンソンの顔に影が差した。動物病院の医師はエヴァンのことを「手術しないと危険だ」と言った。でも老犬だから「手術はもっと良くないかもしれない」と。チャンソンはそんな簡単な言葉がよく理解できなくて、何度も瞬《まばた》きした。

――じゃあ、できることは何もないってことですか?

医師は息を整えてから落ち着いて答えた。

――最後の方法として……ごくたまに安楽死を選択する人もいる。

――それってなんですか?

――弱った動物のお友だちをぐっすり眠らせてから、心臓が止まる注射を打つことだ。楽になるように。

医師は「その後で後悔したり苦しんだりする人も多いから、慎重に決定すること」という言葉を忘れなかった。まずはエヴァンに良くしてあげなさい、死なずに持ちこたえている間はすごく苦しいだろうから隣で慰めてあげなさいと言った。でもチャンソンは、どうすれば良くしてあげることになるのか、エヴァンが心から望んでいることはなんなのか、わからなかった。ちょうどそのとき向こうの部屋から祖母が吐息をつくように、「なんてこった、死ぬまで苦しみは消えない。気がかりからも解放されない。神さま、どうかあたしを静かにお連れください」と言う声が聞こえてきた。チャンソンは振り返ると、エヴァンを穴が開くほど見つめた。お互いの鼻がくっつくほどの近さだった。

「お前が自分の顔を見た時間よりも、ぼくがお前の顔を見てた時間のほうが長いんだよ……知ってた?」

エヴァンの濡れたまつ毛がかすかに、そして小刻みに震えていた。チャンソンはエヴァンの口元、ひげ、小鼻、眉毛を一つひとつ食い入るように見つめた。するとその上に、死なずに、すごく、持ちこたえる、苦しいといった言葉が目まぐるしく重なった。

——あのさ、エヴァン。ずっと気になってたんだ。死んだほうがましなぐらい痛いって、一体どれぐらいの痛みなんだろう?

——……。

——エヴァン、すごく痛いの? わかってあげられなくてごめん。

——……。

——あのさ、エヴァン。もし我慢できなかったら……この先、ほんとにすっごく苦しかったら、兄ちゃんに必ず言うんだぞ。わかったな?

エヴァンがくーんと鳴いた。チャンソンは体の向きを変えて仰向けに横になり、暗闇の中で何もない壁を見つめた。

＊

チャンソンは廊下型マンションのエントランスごとにＡ４サイズの紙を貼った。紙は四十枚ずつに小分けされ、四方にあらかじめセロテープが付けられていた。「高校の国語　家庭教師」「家庭教師より強力な一対三システム、少数精鋭グループ」「内申に備える特別な教材、期末の成績表が一変します」。その他にもピアノとテコンドーの教室から美容院にスポーツジム、宅配のチキンやピザの広告も多かった。チラシ配りのアルバイトの面接で、チャンソンは少しだけ年齢のサバを読んだ。幸い学生証の提示を求めるところはなかった。背の届かない高さにある郵便受けは背伸びしたり、その場でジャンプしたりして解決した。オートロックの新築マンションはできるだけ避けたが、たまに知らんぷりして居住者の後から入ることもあった。あどけない顔にリュックサックを背負うチャンソンを疑う者はほとんどいなかった。でもやっぱり他人の家なわけで、チラシを貼っているところに誰かがドアを開けてにゅっと出てくると胸がばくばくした。

割り当てられた量は思いのほか減らなかった。建物はエレベーターのない低層マンションやワンルームも多く、人間のほうはガードが堅かったり、無関心だったり、神経質だったりした。アルバイトをはじめた初日、チャンソンは自分がチラシ配りを甘く見ていたことに気づいた。こんなに体を使う仕事で無理をしたことはなかった。初日から筋肉痛になり、階段の上り下りが耐えられないほどきつかった。辞めたくなるたびにチャンソンは呪文のように、「一枚につき二十ウォン、千枚さばいたら二万ウォン……」とつぶやいた。そうすると、もう少しだけ頑張れる力が湧いてきた。何日もサービスエリアに寄らず、夕方から気絶したように眠るチャンソンを、祖母は特に疑いもしなかった。ただ一度、「お前、なんでそんなに顔が日焼けしてるんだい？」と尋ねただけだった。

作業は一人でやることもあれば、数人でグループになって動くこともあった。一緒に作業していた中学生が、マンションの階段に腰掛けて青い缶のスポーツドリンクを飲み干しながら尋ねてきたことがあった。

——おい、お前、なんでこの仕事やってんだ？

チャンソンは内心の動揺を隠して問い返した。

——お兄さんは？

——俺はまあ、煙草代でも稼ごうかと。

——はあ……。

——お前は？　小学生のガキがどこに金を使うんだ？

——具合の……悪いのがいて。

――あ……。

急に人の良さそうな口調になった中学生が訊いた。

――でも、これで足りるの？

チャンソンは目を伏せ、沈痛な面持ちで答えた。

――うちの犬は小さいから、十万ウォンぐらい必要なんですって。

――あ？　なに？　犬？

しばらく混乱していた中学生は世慣れた大人のふりをして、「最近は動物病院の治療費もむっちゃくちゃ高いからな」とぼやいた。

――いや、そうじゃなくて。犬の安楽死代がそのぐらいになるって言うんだけど、ぼくお金がなくて……。

何かを考えこんでいた中学生は、すぐにチャンソンを激しく責め立てた。

――なに言ってんだ。こいつ、完全にいかれてるな。


決められた区域をすべて回ると、チャンソンはよく団地内の公園でひと休みした。セロテープとはさみ、チラシとタオルに水筒が入ったリュックサックを背負ったまま、木陰に腰を下ろして子どもたちが遊ぶ姿を見物した。ぽつぽつとベンチに腰掛けた母親たちが育児の情報を共有して、雑談して、心配と関心と愛情のこもった目でわが子を眺める姿を観察した。「あ、お母さんは子どもをあんな風に見るんだな」「ああいう眼で接するんだな」とちらちら見た。そのたびに不思議な話だけど、生まれてから一度も会ったことのない母親の代わりにエヴァンの顔が思い出された。「エヴァンもこんなところを散歩できたら喜ぶだろうに」「エヴァンもああいうおやつをあげたら興奮するだろうに」と残念に思った。最近のエヴァンはチャンソンが近づいても見向きもしなかった。ぼんやりした目でぼおっと宙を見つめるばかりだった。チャンソンがご飯に生卵を混ぜて、祖母に内緒でツナ缶を載せてあげても顔を背ける日が増えた。「ぼくが家にいない日が多くなったからすねてるのかな?」済まない気持ちになったけれど、できるだけ早く金を集めるためには仕方がなかった。

＊

目標額に届いた日、チャンソンは縁側で腹ばいになって単純な算数の計算をした。一週間でチラシ五千枚以上をさばいて、十一万四千ウォンを稼いだ。生まれてはじめて手にした金額だった。チャンソンは労働の具体的な対価を手で確かめながら、自分でも意外なことに自負とやりがいを感じていた。当初の目的と異なる予想外の達成感に、なんとなく大人になった気分だった。最終日はほんとにもううんざりで、どこかの家の屋上に四十枚ほどこっそり捨ててきたけど、それ以外は誰にも咎められるいわれのない金だった。チャンソンは一万ウォン札を十一枚と千ウォン札四枚の向きや角をきちんと揃えて財布にしまった。そうして居間から祖母の身分証をこっそり持ち出した。安楽死の同意書を書くときに大人の身分証が必要かもしれないという判断からだった。

翌日、チャンソンはいつもより早起きして動物病院に向かう支度をした。祖母はサービスエリアに出勤していなかった。庭の片隅の水道に洗面器を置いてエヴァンを洗った。耳に水が入らないように両耳をしっかり押さえ、体に石鹸の泡をこすりつけると隅々まで洗った。この入浴の意味を知ってか知らでか、エヴァンは幼いチャンソンの手に素直に体を預けていた。

——気持ちいい？　エヴァン？

血管が透けてうっすら薄桃色を帯びたエヴァンの耳を気をつけてこすりながら、チャンソンが尋ねた。

——ぼくさ、お前のこういうところも洗ってあげなきゃいけないって知らなかった。お医者さんにちょっと叱られたよ。今まで気持ち悪かっただろ？

チャンソンはタンスから一番きちんと見える服を出して身に着けた。どうしてかわからないけど。そうしなきゃいけない気がした。チャンソンは落ち着いた顔で黒い半袖シャツのボタンをはめた。そして財布の中の現金をもう一度確かめると、縁側に腰掛けてスニーカーを履いた。途中で上級生の不良グループに出くわしたらどうしようと、いらぬ心配をした。チャンソンは洗ってふわふわになったエヴァンを愛情深い目で眺めた。そしてエヴァンの首筋を撫でおろすと、物置から手押し車を引っ張り出した。ずいぶん前に祖母が簡易休憩所で使っていたアイスボックス用のカートだった。埃をかぶっていたのをホースで水をかけて洗い流し、ふたを取り外してから中にタオルを敷いた。そして氷の代わりにエヴァンを入れた。エヴァンの横に小さな水を飲む器と水筒を入れるのも忘れなかった。最期だと思うとすごく変な気分になったけど、せめて最期の手助けができるのは幸いだった。今日は大事な任務を遂行するという事実に、すべてをただ一人で準備したという思いに、チャンソンは敬虔さにも似た緊張を覚えていた。

真実の愛動物病院は団地内のさまざまな施設が密集する、商店街の雑居ビルの一階にあった。爽やかなクリーム色の外壁一面に張られたガラスが涼しげな印象を与える新築の病院だった。病院名が書かれた黄色い看板には黒い犬の足跡のハンコが押されていて、全体的にデリケートな印象を漂わせていた。ガラスの壁に貼られた「殺人ダニの集中予防週間」だとか、「犬を探しています」という文章が書かれた印刷物を見ながら、チャンソンはなんとなく安心感や信頼感を持った。

——着いたよ、エヴァン。

入る前にチャンソンは後ろを振り返った。腰をかがめてエヴァンと目を合わせたかったけど、気持ちが揺らぎそうでぐっと堪《こら》えた。片手で手押し車の取っ手を握り、もう片方の肩に力をこめて病院のガラス戸を押した。その瞬間、ある力がチャンソンを外側に跳ね返した。

——あれ？

玄関の金属錠がガチャンと音を立てたが、ガラス戸はびくともしなかった。チャンソンは戸惑った表情で一歩後ずさった。そしてようやくガラス戸の貼り紙に気づいた。

「喪中。週末まで休診します」

喪中という単語の正確な意味は知らなかったけど、それが死と関係する言葉だということは直感した。チャンソンは妙な安堵を覚えた。

商店街をうろついていたチャンソンは近くの団地の中にある公園に向かった。以前チラシを配っていたときに何度か訪れた場所だった。チャンソンは藤棚の木陰に座って休憩した。朝からずっと緊張していたせいで疲労が押し寄せてきた。アイスボックスの中のエヴァンが目を覚ましして顔を上げた。そして自分を心配そうに見下ろしているチャンソンの顔をちらりと見た。数人の男の子が、がやがやとチャンソンの前を通り過ぎていった。互いのスマートフォンをのぞきこみながらちょっかいを出したり、ふざけたりして笑い転げていた。チャンソンは萎縮した顔つきで彼らを眺めた。そして膨れたズボンのポケットを手で確かめてから立ち上がった。

帰り道、チャンソンはバス停の近くにある携帯電話の代理店の前を通りかかった。バスを待ちながら陳列台に並べられた最新型のスマートフォンを見物した。ぴかぴかと真っ黒い宝石みたいに光り輝く滑らかな機器の上にチャンソンの間の抜けた表情が映った。チャンソンは心の底から、それらを美しいと思った。

——これ見てよ、エヴァン。かっこいい。

チャンソンは陳列台からアイスボックスの中のエヴァンに視線を向けた。エヴァンはボールみたいに丸まり、その中に頭を深く埋めて死んだように眠っていた。チャンソンはエヴァンを撫でると、ポケットから旧式のスマートフォンを取り出した。角に小さなひびが入った液晶画面に自分の顔を映しながら、ある重要な事実に思い至った。

——そういえば、お金、余るね。

エヴァンのために使う金を除いても一万四千ウォンが残るという事実に、チャンソンの胸が高鳴り出した。しばらくしてバスが到着したが、チャンソンはバスに乗る代わりに代理店のガラス戸を勢いよく開けていた。

チャンソンはただ、ＳＩＭカードの値段を聞いてみるだけのつもりだった。それがいつの間にか店員の前に座ることになり、彼が差し出した書類にきちんきちんと名前を書き入れ、祖母の身分証を渡してしまっていた。旧式のスマートフォンにＳＩＭカードを入れる店員を見つめていたチャンソンは振り返ると、ガラス戸の前に立てかけておいた手押し車を見た。アイスボックスの中で眠っているであろうエヴァンは見えなかったけど、そこにいるのは確かだった。

——SIMカードが一万ウォンに、充電器が五千ウォン。本来は開通費の三万ウォンも必要なんだけど、今はキャンペーン期間中だから無料にしてあげる。

チャンソンはスマートフォンを受け取ると、財布から一万五千ウォンを抜いて店員に渡した。エヴァンの病院代から千ウォン取り崩したのが少し心に引っかかったけど、動物病院が再開するまでの間に小遣いを節約すれば十分に穴埋めできると思った。バス停の前でスマートフォンのボタンをひたすら押してみた。ひびの入った液晶画面に明るい光が灯ると、もうチャンソンの顔は映らなかった。カメラのボタンを押すと、足元で眠るエヴァンの写真を一番に撮った。カチャリという音とともに、チャンソンの背後を一台の冷蔵トラックが矢のように走り抜けていった。

エヴァンは水も飲まず、静かに眠り続けた。いつものようにむずがったり、くんくん鳴いたりすることもなく、自分の足を舐めようともしなかった。チャンソンは日がな一日スマートフォンをいじっていたが、充電するときだけたまにエヴァンのようすをうかがった。

——うん、いい子だ、ぼくのエヴァン。

チャンソンは眠るエヴァンの背をさすると、再びスマートフォンを握りしめて色んなアプリをダウンロードしながら過ごした。

——料金が高かったら全額お前の小遣いで払うから、そのつもりでいなさい。

祖母が脅しても無駄だった。その晩チャンソンは布団の中で、父親が昔やっていたみたいに携帯電話のライト機能を使って犬の影絵を作った。

——エヴァン、これ見て。ぼくがお前の友だちを呼び出したんだよ。

チャンソンは大声で言ったがエヴァンは微動だにしなかった。

——エヴァン、これ見てってば。ぼくのほうがお父さんより上手かも。本物の犬だよ。本物の犬。お前の友だちだってば。

エヴァンは相変わらずなんの反応も見せなかった。


二日後、昼休みが終わる時間帯にチャンソンはサービスエリアに立ち寄った。夏休みと週末が重なって、サービスエリアは駐車スペースが見当たらないぐらい混み合っていた。祖母は疲れ切った顔でにゅうめんの載ったトレーを手に近づいてきた。

——昼ごはんは外で食べるから金をくれって言ってただろ。

——あ、それ。もういいんだ、ばあちゃん。

——いいって、何が？

——昨日もらったお金で解決したんだってば。

——だから、何が解決したんだって?

——あるんだよ、そういうことが。早くちょうだいよ。

チャンソンは麺をすすりながらキッチンの中で洗い物をする祖母の後ろ姿を見守った。祖母が屈んだり立ち上がったりするたびに、昨日チャンソンが腰に貼ってあげた白い湿布が見え隠れした。チャンソンは食器の返却台にトレーを置くと、ガソリンスタンドの脇にある藤棚のベンチに座ってスマートフォンで遊んだ。スマートフォンをいじる姿をたくさんの人に見てもらいたかったけど、チャンソンを気にする人はいなかった。トイレに行き、禁煙と書かれた表示板の前で煙草を吸い、飲料水を手に短い会話を交わし、みんな自分のことに夢中だった。週末の人波に交じってチャンソンは、スマートフォンで『ターニングメカード』の動画をひたすら見続けた。そのうちにふと、この四日間、自分が誰ともスマートフォンで話していないことに気がついた。チャンソンが電話番号を知っている相手も、チャンソンの電話番号を知っている人もいなかった。教務室に電話してクラスメートの連絡先を聞いてみようかとしばし悩んだが、先生と電話で話すのは気乗りしなかった。

「お父さんが生きてたら、電話したのにな」

思案の末にチャンソンは財布から動物病院の名刺を取り出した。喪中だから週末まで休むという貼り紙が思い出されたけど、なんとなく病院の電話番号を押してみた。

「もしかすると再開してるかもしれないし。誰かが出たらなんて言おう?」
電話の向こうから耳慣れた呼出音が聞こえた。悪いことをしているわけでもないのに胸がどきどきした。呼出音は続いたが、電話に出る人はいなかった。チャンソンは動物病院が誰も電話を取らなかった事実に、再び妙な安堵を覚えた。財布に名刺をしまって残金を数えてみた。十万三千ウォン。エヴァンを病院に連れていくのに十分な金額だった。今日が終われば、そしたら必ず……。心に誓いながら立ち上がると、チャンソンの膝からスマートフォンがアスファルトの歩道にごつんと落ちた。真っ青になったチャンソンは急いでスマートフォンを拾い上げた。そうしてひびの入っている左端から確かめた。クモの巣状のひびを指でゆっくり拭ってみた。細かいガラスくずが指先についた。チャンソンの瞳が激しく揺れた。

帰り道、チャンソンはスマートフォンを持った手を掲げると、左右に振りながら太陽にかざしてみた。黒い液晶画面にあたった光が水に浮かぶ油みたいに滑らかに揺らめいた。同時にチャンソンの胸にも小さな満足感が訪れた。液晶画面に保護フィルムを貼ったら機器もなんとなく新品みたいに見えてきたし、左端の傷も目立たなくなったようだった。自分に対する失望を少し感じていたけど、どうしようもない状況だったんだと弁明した。チャンソンは見物でもしてみようかという気持ちでサービスエリアの電子用品売り場に立ち寄り、携帯電話のアクセサリーを陳列しているコーナーに長いこと佇んでいた。そして、ちり一つない透明な保護フィルムを撫でながら、思わず「四日……」とつぶやいた。そう、つまり四日ぐらいなら……エヴァンは待ってくれるんじゃないかと。今までよく耐えてくれたように。それ以上でもそれ以下でもなく、きっちり四日間だけ我慢してもらったら駄目かな。手元の金と、これから手に入る金額を計算していたチャンソンは、いつの間にかレジの前に立っていた。我に返ってみると、財布の中身は九万五千ウォンに減っていた。

エヴァンが哀しげに鳴き出したのは、その晩のことだった。一度もそんなことなかったのに変だった。エヴァンは空を仰ぎながら狼の遠吠えのような鳴き声をあげた。眠っていたチャンソンはびっくりして飛び起きると、エヴァンの顔を両手で包んだ。

――どうしたの、エヴァン？　何があったの？

エヴァンは抵抗しながら床に頭をくねらせた。仔細に眺めると目の周りは目やにがべったりで、口からもひどい悪臭がした。一瞬、チャンソンは口と鼻を手で覆って顔を背けた。

――まったく、このワン公が！

寝室の祖母が大声でわめいた。

――なんて不吉な声で鳴くんだろう？　ああ、気持ち悪い。今すぐ捨ててくるなりしなさいって。

祖母の機嫌を損ねないよう、エヴァンの代わりにチャンソンが声を低めた。

――エヴァン、ごめん。四日だけ我慢しよう。四日間だけ。そしたら兄ちゃんが必ず……いい子だろ？　もう少しの我慢だ、もう少しだけ……。

＊

二日が過ぎた。チャンソンはおかしな気配を感じて目が覚めた。しょぼしょぼする目を開くとエヴァンが自分の頬を舐めていた。両足をチャンソンの胸に置いて、まるで別れの挨拶でもするようにチャンソンの顔に自分の頭をこすりつけた。尻尾を振って、お腹を見せるときとは少し違う感じがした。チャンソンは涙が出そうだった。最近は寝てばっかりだったのに、急にどこからそんな力が出てきたんだろう。もしかして奇跡的に少し良くなったのかな。こうやって少しずつ具合が良くなれば、以前みたいに戻れるんじゃないか。儚い希望がコップの中の水みたいに胸の中で揺らめいた。エヴァンはもう力の限界なのか、チャンソンの脇に深く顔を埋めた。暗闇の中、チャンソンは寝ぼけた声で「よしよし」とささやいた。

夜が明けるとチャンソンは急いで市内へ向かった。病院で安楽死の同意書を書いて、予約まで済ませてこようと思ったのだ。そうすればもうこれ以上、心が揺れることも金を取り崩すこともなさそうだった。動物病院に向かう途中、大型文具店の前を通りかかったチャンソンは足を止めた。色んな種類のカラフルなスマートフォンケースが並ぶ中に『ターニングメカード』のキャラクターが描かれたものを見つけたのだ。何気なく値段を見ると、三万四千ウォンもするケースだった。その瞬間チャンソンの中に、これまでなかった疑念が芽生えた。もしかすると安楽死に対する自分の考えが根本から間違っていたんじゃないだろうか。エヴァンの死を手助けするより、エヴァンが生きている間は少しでも意味のある時間を過ごすほうが、お互いにとって良いことなんじゃないかと思ったのだった。

家に向かうチャンソンの顔は憂いに満ちていた。いつの間にか手元には六万七千ウォンしか残っていなかった。すべて然るべき必要なプロセスのように思えていたのに変な気分だった。チャンソンは重い足取りで、今日に限っていっそう長く伸びているように見えるあぜ道を大きく手を振りながら一人歩いた。手元の金が九万いくらとか十一万いくらだったときと違って、六万七千ウォンは十万ウォンから程遠く思えた。また十万ウォンまで貯めるには二千枚以上のチラシを配らなければならなかった。それにしても二千枚だなんて、とてもやる気が起きなかった。チャンソンはそのまま帰る勇気がなくて、サービスエリアに立ち寄った。藤棚のベンチに腰掛けて、新しく買ったスマートフォンケースをいじりながら時間をつぶした。夕方になってようやくチャンソンは立ち上がった。そして食品コーナーでエヴァンへのお土産のすり身揚げを買った。

「もう一個買って、ぼくも食べようかな？」

油のにおいを嗅いだら空腹の波が押し寄せてきたけど堪《こら》えた。こういうときは小さな禁欲と犠牲が気持ちを楽にさせてくれることを本能で察知したからだ。チャンソンはすり身揚げの入った黒いビニール袋を手に、四十分の道のりをとぼとぼ歩いて帰った。家中の灯りが消えているせいで家の中は普段よりも暗く見えた。チャンソンは門を開けて庭に入ると、わざと大声で言った。

――エヴァン！　兄ちゃんがおやつ買ってきたぞ！　おいで。お前の好きなすり身揚げだよ。

チャンソンが靴を脱いで縁側に上がった。

――エヴァン！　見てごらんって。帰り道ですっごく食べたくなったけど、お前にあげようと思って我慢したんだよ。我慢するのがどれだけ大変だったと思ってるんだよ？

エヴァンの喜ぶ姿を想像しながら自分の部屋のドアをがらりと開けた。ところが、そこにエヴァンはいなかった。


――エヴァン！

チャンソンが大声で叫んだ。家の周りは不気味なほど暗くてしんとしていた。これまで慣れ親しんできた世界に異変を感じた。

――エヴァン、どこにいるの？

湿りを帯びた夕暮れの野原の上をチャンソンの声がかすかにこだました。

「前だってよく見えないはずなのに。足も痛いのに、どこ行ったんだろう？」

エヴァンに何かあったのではと不安だった。こんなことになるならリードでつないでおくんだった。エヴァンが衰弱しているからと油断しすぎたようだった。

「遠くには行けないはず」

チャンソンはスマートフォンのライト機能をつけっぱなしにしたまま、一歩、また一歩と捜索範囲を広げていった。エヴァンは小さいから足元をよくよく捜さなければならなかった。

――エヴァン！　ふざけてないで、ね？

田んぼに座りこんで泣きたい気持ちを抑え、チャンソンは歩みを速めた。とにかくエヴァンを見つけることが先決だった。


チャンソンは遠くに灯りの見えるサービスエリアを見つめた。自分でもどうしてここまで来たのかわからなかった。もしかすると、こんな時間に行ける場所が他になかったからかもしれない。いや、怖気づいて祖母に会いたくなったのかも。チャンソンは呼吸を整えながら、できるだけ理性的に状況を判断しようと努めた。もしエヴァンが独力でどこかに行くなら、一度でも行ったことのある場所だろうと思った。そして、それはチャンソンも知っている場所の可能性が高かった。エヴァンは思ったより近くにいるかもしれないと期待した。それもかなり間近に。チャンソンはまず軽食コーナーの祖母にエヴァンが来なかったか尋ねてみるつもりだった。ところがガソリンスタンドの前を通りかかったとき、ふと不吉な予感に襲われた。一瞬で頭に血がのぼり、息が苦しくなった。そう、つまりそこに、ガソリンスタンド脇に置かれたゴミ箱の横に、見覚えのある袋が見えたからだった。何が入っているのか袋の下部は膨らんでいて、口は紐でしっかりと結ばれていた。

「違う、そんなはずない」

心臓が早鐘を打ち、チャンソンは見なかったふりをしてその前を通り過ぎた。袋の下部からは緋色の血がゆっくりと漏れ出していた。以前にも似たような光景を目にしたことがあった。高速道路の路肩に倒れている仲間を野犬の群れが守っていた。運転席の父親が何度ヘッドライトを点滅させても、死んだ仲間を取り囲んだままこちらをにらんでいた犬の顔が浮かんだ。

「でも、うちのは捨て犬じゃないんだから……」

チャンソンは食堂のほうへと身を翻した。ところがそのとき、数人の男がざわつく声が聞こえてきた。胸にガソリンスタンドのロゴが付いたベストを着ている男たちだった。

——くそっ、違うって言ってるだろ。

——またまた、そんなわけないだろ？

——いや、ほんとなんだって。あの犬、わざと飛びこんだように見えたんだってば。まるで車が来るのを待ち構えてたみたいに。

ずいぶん長い間、チャンソンはその袋の前に立っていた。何度か「紐をほどいてみようか」という衝動に駆られたが、そうすることはなかった。袋の下部からはさっきよりも大量の血が漏れ出していた。触ったらまだ温かさを感じられそうな血だった。やがてチャンソンは歩き出した。袋の中身を確認することなく、エヴァンを捜す間もずっと握りしめていたスマートフォンを手に、その場を立ち去った。

周囲の闇はいっそう濃くなっていた。チャンソンはがちがちにこわばった体を引きずり、高速道路脇の舗装されていない道を進んだ。数台の車が騒々しくクラクションを鳴らしながらびゅんびゅん通り過ぎていった。チャンソンはうつむくと手のひらを見た。ライト機能を使いすぎたせいでスマートフォンは熱を持っていた。手のひらに滲んだ汗を見ていると、エヴァンとはじめて会った日の記憶がよみがえった。手のひらできらきら光っていた氷、柔らかくて、冷たそうで生暖かくて、くすぐったかった何か。でも、もう二度と触れることのできない何かに胸が締めつけられた。だけど今はそれをなんて呼ぶべきかわからなくて、チャンソンは闇に包まれた路肩をひたすら歩いた。大型の貨物トラックが数台、クラクションをけたたましく鳴らしながらチャンソンの脇を勢いよく通り過ぎた。唐突に「赦し」という言葉が頭に浮かんだが、声に出しては言わなかった。道じゃなくて薄氷にでもなったかのように、どこからともなくチャンソンの立つ地面のひび割れる音が聞こえてきた。

向こう側

今年のクリスマスは鷺梁津《ノリャンジン》の水産市場に行こうと、イスーがタオルを畳みながら言った。

――鷺梁津？

キッチンで島草という名前のほうれん草の下処理をしていたドファが振り返った。キッチンといってもリビングから数歩の距離だったが、向こう側にいる相手に話しかけるには少し大きな声で話す必要があった。

――うん、水産業協同組合がある、あそこ。

ドファは浮かない表情で冷水にほうれん草を浸した。真冬の風雪の中で育った草は都会の水道水を含んだ瞬間、花のように膨らんだ。

――クリスマスに出かけても混んでるし、ぼったくりみたいな値段ばっかりだと思うけど。

水からほうれん草を引き揚げたドファの両手に緑がうっそうと生い茂った。イスーはリビングの床に座ってコメディ番組を見ながらくっくっと笑った。視線をテレビに向けたまま、のろのろとタオルを畳んでいる。ドファの畳み方の通りに、横に三回、縦に一回。ぴしっと畳まれたタオルを幾層にも積んでいくたびに「実家ではいつも丸めてたけどな……」という思いがおのずと浮かんだが、なんといってもここはドファの家だった。イスーのお金も少し入っているとはいえ、それが事実だった。

――知り合いがいるんだ。サービスしてやるから必ず来いって、前から言われててさ。

この日の二人はいつもよりぐっすり眠ったが、それは夕飯の食卓に並んだほうれん草のナムルのおかげだった。ドファは内臓の中で夜通し緑色の炭が燃え続ける気配を感じていた。低い照度で点滅する植物のエネルギーが真っ暗な体内を薄青く照らしている間、魂もそちら側に手を伸ばして火にあたっているような気分だった。夢うつつに寝返りを打ったドファは胃の調子が良いと何度か感じた。

――旬の食べ物だからかな。

ドファが昨晩の心地良さを説明すると、イスーがドファのいるほうに体を捻ってそう応じた。ドファにはその言葉が不自然に聞こえたのだが、それは職業柄、降水確率や風速、積雪量に敏感なドファの目に、最近はすっかり「旬」がなくなったように映っていたからだ。クリスマスを明日に控えた今日にしてもそうだった。気象庁が予報した最低、最高気温はどちらも零度を大きく上回った。日本のある都市では桜が咲き、ニューヨークは昼間の気温が十八度を超えたという。今年の冬は色々な面で冬らしくなかった。パイプから水が漏れるように未来から春が漏れ出していた。

――明日、休みだろ？

イスーが丸めた布団を股の間に挟みながらドファをうかがった。まだ夜明け前なので瞼は重く、意識は朦朧としていた。ドファが「うん」と答えながら化粧台の鏡に映るイスーを見た。伸びた髪の間にずいぶんと若白髪が増えていた。

――でも、明後日は出勤しないと。

ドファは顔を左右に動かしながら、目尻のしわにファンデーションが入りこんで筋になっていないか確認した。そうして自分が盛りを過ぎたことを身をもって実感した。もちろん盛りを過ぎたからこそナムルや水の味がわかるようになったのだろう。生きていて水のおいしさがわかるようになる日が来るなんて誰が想像しただろう。職場の上司は「三十代こそ体力と経歴、経済力のバランスが取れる、人生で最高の時期」だとよく言っていたが、ドファはわかっていた。自身も、イスーも、まさに菜っ葉を食べると胃の調子が良くて、歳をとって髪が抜ける時期を迎えたのだと。

――行ってくるね。

ドファが布団の外に伸びるイスーの素足をぼんやりと眺めた。以前は出勤するとき、よくイスーの足の甲に口づけしていた。片手いっぱいに足を包みこんでから毛の生えた足の指を撫で、布団の中に戻してあげたものだった。ドファはその足を、自分と一緒に色んな場所を訪れた恋人の足を凝視した。それから結局何もせずに背を向けた。寝室とキッチンの間のスライドドアを静かに開けて敷居レールをまたぐドファに、イスーが枕から頭をもたげて大声で言った。

――そうだ、俺、今日出かけるから。

――どこに？

――泰安《テアン》［朝鮮半島から西に突き出した泰安半島に位置する郡。黄海に面しており、海の幸が豊富な地域］。

――なんで？

――ウォンドクの結婚式。

――あ……今日だったね。遅くなる？

――いや、式が終わったら、すぐ戻る。やることも山積みだし。

ドファが「わかった」と答えながらスライドドアを閉めた。玄関に揃えられた黒い牛革のローファーに足を入れ、コートのポケットから黄砂マスクを出してつけた。そして世の社会人と同じように、眠気と寒さに立ち向かいながらスモッグに覆われた都市の中へと歩き出した。外の空気が肺に届くと血の巡りが速くなった。コンディションが変わるのではなく、別の体に乗り換える感覚だった。ドファは地下鉄六号線の駅の階段を下りながらスマートフォンで時刻表をチェックした。そして、「今夜こそ別れようって言わなきゃ……」と心に誓った。二ヵ月、そんな日々が続いていた。

ドファの職場は高層ビルの森が生い茂る都心のど真ん中にあった。ドファはソウル市鍾路《チョンノ》区にある、ソウル地方警察庁の交通安全課・総合交通情報センターに勤務していた。はじめて本庁の五階に足を踏み入れたとき、数百台の観測用モニターに圧倒された。災害映画なんかで観たことのある現代的なシステムが出現したとでも言えばいいだろうか。自分がカマキリやトンボの目の中に入りこんだ、いや、それよりも「行政」という高等生物の脳の中に座っている気分だった。

*

ソウルを一日に行き来する車両は四百万台を超える。交通情報センターは道路ごとの状況を分析して、ラジオとインターネットテレビ局に交通情報を提供している。センターに二十四時間体制で常駐している職員と警察がその仕事を担当していた。テレビ局のリポーターを除くと、警察庁の人間で生放送を担当しているのは三人だった。十年近くプロデューサーとスタッフ、アナウンサーを兼任してきたチェ警部補と、生放送のキャリア八年目のパク巡査部長、そして巡査長になったばかりのドファがそのメンバーだった。

十二月二十四日は全国的にＰＭ２・５の濃度がとても高かった。「空を友だちのように、国民を空のように」をスローガンに掲げている気象庁の予報によると、そういう話だった。市民はその日の天気で交通手段を決め、業務を調整する。暴雨や猛暑、または異常気象が起きると保険会社が緊張し、ＴＶショッピングの編成表が再編され、大型スーパーの企画チームが忙しくなった。同時に総合交通情報センターも神経を尖らせる。ひとひらの雪の意志が寄り集まると吹雪になるように、監視カメラに映る風景が集まると交通放送の情報になった。ドファはインターチェンジ、橋、埠頭、湾、河川、谷、トンネルの名称を暗記し、各道路の特徴と歴史を把握した。そして自分が理解したことを簡潔に要約して世の中に伝えた。ドファは自分が所属する組織の文法を尊重していた。修辞も、誇張も、歪曲もない、事実だけで作られた文章を信頼していた。例えば「内部循環路の弘済《ホンジェ》ランプから弘智門《ホンジムン》トンネルまで、交通量の増加に伴い渋滞が予想される」とか、「高速道路のオリンピック大路は聖水《ソンス》大橋で乗用車同士の衝突事故が発生しており、安全運転に留意」といった言葉がそうだった。しかも、どれも世のためになる言葉だった。善意や温情に頼りきった分かち合いなどとは異なる、技術と制度で作られた公共善。それを作成する過程に自分も参加しているという事実に誇りを感じていた。それもソウルの中心、いわば中央で。実際にソウル地方警察庁の建物は、朝鮮王朝時代に建てられた王宮の一つである景福宮《キョンボックン》の近くにあった。ソウルから地方までの距離を計算する起点も、景福宮の正門の光化門《クァンファムン》だった。

生放送の五分前、ドファはぬるま湯で口を潤してから、習慣になっている「ふーん」という発声練習をした。身なりをチェックし、カンペのカードを用意し、カメラの前に立った。カードの裏では韓国警察のシンボル、横を向いた黄色いオオワシが目を怒らせていた。ドファは唇を唾液で湿らせ、短く息を吸いこんだ。すぐにプロデューサー兼スタッフを担当するチェ警部補が合図を送った。

——五十五分の交通情報をお伝えいたします。

早朝、ドファの明るく健やかな声が市内のあちこちに広がっていく。雨粒のように、鐘の音のように。五月雨《さみだれ》式に、あるときは立て続けに。ドファの肩につけられた木槿《むくげ》のつぼみの警察肩章が照明で冷たく光った。

＊

イスーがソウル南部ターミナルに着いたのは夜の九時過ぎだった。新郎側の貸切バスから降りると知人と挨拶を交わして地下鉄の駅のほうを向いたのだが、大学で同級生だった数人に腕をつかまれた。数年ぶりに会ったんだから近所でビールでも一杯やろうということだった。イスーが「家に用事があるんだ」と断ると、「俺たちも長くはいられないから」と返され、「子どもたちにクリスマスプレゼントをあげるから早く帰らなきゃ」と、困ったふりなのか自慢なのかわからない愚痴が続いた。イスーは同期と噛み合わない会話をしながらクリスマスイブを過ごすなんて御免だった。それぞれ忙しく暮らすようになって長い歳月が経ってみると友情も思い出も薄れていき、今はどんな友人といてもドファといるときのような気楽さは感じられなかった。でも、それを理由に断るわけにもいかず、がやがやと先頭を行く一団について行くしかなかった。

「一杯だけ」と言っていた酒席は三次会まで続いた。明け方の三時を過ぎたころ、テーブルに残っていたのはイスーとドンオだけだった。二人はそれほど親しくもなかった。イスーはドンオが最近はじめたばかりのカフェが潰れたことを知っていた。連絡を取り合う仲でなくても、そういう噂はよく耳に入ってきた。イスーは自分の近況もそういう形で広まっているのかもしれないと推測した。心配を装った好奇心という形で、罪悪感を伴うお楽しみといった具合に、話題にのぼったはずだ。誰かの不倫、誰かの離婚、誰かの没落を語るとき、イスーもそうやって興味を示した時期があった。軽薄に見えないように嘆息を適度に織り交ぜながら気の毒がったこともあった。あいつ、勉強はできたのに。ほんとに、あいつがそんなことになるなんて誰が想像したか。人生は長い目で見ないと。誰それはもう部長になったって。あいつがあんなにうまくいくなんて、誰も思ってなかったじゃないか。一緒だったスタートラインを振り返り、教訓を探し、将棋や囲碁の感想戦のようにあらすじを再現するいくつもの口が思い出された。そのうちにぎこちない沈黙が流れると、すぐにまた別の話題を見つけるのだろう。もしかすると友人たちも他人の人生なんて興味を失って久しいのに、イスーが勝手にそう推測しているだけかもしれなかった。ドンオはつまみが出されるとすぐテーブルに突っ伏して眠ってしまい、イスーは三次会の店を出ると、ドンオと肩を組みながら海鮮料理の屋台に向かった。もうすぐ四十を迎える友人のぽっかりと地肌が見える頭頂部を眺めながら、一時間以上も一人で焼酎を飲んだ。そして明け方の五時ごろ、誰かが肩を揺する気配で目が覚めた。イスー、起きろ。家に帰らないと。大学時代に何度か言葉を交わしただけの同級生が自分を助け起こし、ぽんぽんと叩いていた。いや、いや、金はあるから。出すなって。知ってるよ、コノヤロウ、さっきもお前が払ったじゃないか。揉めていたが、やがてふらふら歩きながら通りに出た。

――すいません、新寺洞《シンサドン》までお願いします。

――新沙《シンサ》ですか？

――江南《カンナム》の新沙じゃなくて、恩平《ウンピョン》区の新寺のほうです。

イスーはタクシーの後部座席に乗りこみながら酔っていないふりをした。タクシー代を節約しようと地下鉄の始発まで時間をつぶしていたのに、その間に飲みすぎてしまい、体を支えていられなかった。

――どの道から行きましょうか？
――高速の江辺北路《カンビョンプンノ》に乗ってください。

イスーはしょぼしょぼする目をしばたたかせながら窓に頭をもたせかけた。遠くに見える街灯の灯りの下に白っぽい粒子が浮遊するのが見えた。今年の冬の異常気象はエルニーニョ現象が原因だとか。エルニーニョは幼子イエス・キリストという意味だ。クリスマスのころによく見られるので遠い異国の漁師たちはそう呼んでいるそうだ。イスーは異国の遠海で生じてこの国に影響を与える現象というか、人生のちょっとした偶然と取り返しのつかない結果、教訓なんて何一つないただの失敗を思い返していた。この十年で自分の人生に残ったもの、その中で最も尊いものについて思いを巡らせた。そのうち重い瞼をどうすることもできなくて気絶するように眠りに落ち、またすぐにびくっとして目覚めると周囲を見回し、再びいびきをかきはじめた。

同じ時刻、ドファは家でテレビを凝視していた。リビングの灯りもつけないまま膝を抱えて座り、次々にチャンネルを変えた。狭いリビングを占領している三十七インチの壁掛けテレビは数年前にイスーが公務員試験を諦めた記念に買い入れたものだった。だが、その中には就職を自ら祝う意味も含まれていた。仕事から戻ったドファが面食らった表情を見せると、イスーは「どうせ結婚したら買い替えるんだし、良いのを新調した」と言った。展示品だったからすごく安かったし、「俺のカードで買ったから心配するな」とも。

――どこ？　連絡ちょうだい。

イスーにメールを送った。そして、「いつもこうだ……」と思った。ドファが別れようと思うたびに必ず二人の間に何かが起きた。イスーが転職先の面接を控えていたり、ドファが昇進したり、イスーの誕生日だったり、どちらかの具合が悪かったりといったふうに。未来を予測して結論を下すドファには今日という一日が既にはっきりと見えていて気が重かった。飲みすぎたイスーは一日中、二日酔いに苦しむのだろう。酒と煙草のにおいで布団を汚し、汗ばんだ体で夕方近くになって起きてきて頭痛を訴えるのだろう。そうやって私たちは今日も別れられないのだろう。


ドファは格闘技の試合で盛り上がる画面の中の風景をぼんやりと眺めた。イスーが好きな番組だった。てらてらした白いシャツを着た韓国の選手が相手にかかってこいとジェスチャーしていた。お尻の部分に消費者金融の広告文が印刷されていた。「ローンの広告を見ない日がない」とぶつぶつ言っていたイスーの顔が思い出された。ドファは機械的にチャンネルを変えた。真冬だからか、あるTVショッピングでは窓枠を売っていた。別のチャンネルではヤマハのグランドピアノが毎月たったの七万九九一七ウォン。大きな画面から降り注ぐ電波がドファの体を点々と染めた。いつだったかイスーと水族館に行ったとき、二人の頭上にも似たようなまだら模様がちらついたことがあった。あれは水の影だったか。光の影だったか。片手をかざして「光も凍るのかな?」とつぶやいていたイスーが思い出された。ドファは美しいザトウクジラや発光クラゲでも見るように、資本と商品がだるそうに遊泳する姿を観賞した。ありふれていて退屈だが、たまに我を忘れて見入るときもある風景だった。ドファは無表情で再びリモコンのボタンを押した。画面の中の中年男性がビデの原理を説明しながら自分の指のしわに入りこんだチョコシロップを拭き取った瞬間、タンタンタンタン——誰かが外からドアを叩いた。

*

ドファが玄関のドアを開けるとイスーはくずおれた。体の半分は玄関に、残りの半分はキッチンにまたがって。ドファは腕組みしたままイスーを見下ろした。しわくちゃのスーツのフロント部分に乾いた嘔吐物がこびりついているのが見えた。ドファは玄関にしゃがみこむと靴から脱がせた。四年前、イスーが不動産のコンサルティング会社に入ったときにプレゼントした紺色の靴だった。ドファは万歳の姿勢をさせたイスーの腕をつかむとリビングに引き入れた。恋人の手で力なくずるずると引きずられていたイスーが目を閉じたままくすくす笑った。ドファはイスーの首にクッションをあてがい、寝室からマイクロファイバーの毛布を持ってくるとイスーにかけてやった。そしてイスーの呼吸が規則定しく、穏やかになるのを見守った。ドファはイスーの隣で斜めに横たわり、長年付き合った恋人の寝顔をまじまじと見つめた。別れても忘れはしないとでも言うように。毛布の端から出た糸くずがイスーの吐く息に合わせてなびいては垂れ下がり、再び跳ね上がった。

二人は八年前、鷺梁津にある江南教会で出会った。耳がちぎれるほど寒い日の、なんと平日の朝七時ごろに。江南教会は鷺梁津の予備校生に炊き出しを行っていることで有名だった。ドファとイスーは無宗教だが、その日は二人ともビュッフェ用の白いプラスチックプレートを手に、同じ列に並んでいた。だからドファはイスーにはじめて会った瞬間を思い起こすたびに、花の香りや風のにおいではなくて、じめつく食堂に充満する圧倒的なご飯のにおい、ぐつぐつ煮えた味噌汁とカクテキのにおいを一緒に思い出したりした。教会のご飯を食べにくる顔ぶれの中に挨拶を交わす相手はほとんどいなかった。みんな自分の器に顔を埋めて教材だけを見ていた。その日のドファもやはり、耳にイヤホンをしたまま食卓の端に座っていた。「姦通」「暴行」「強盗」といった英単語が書かれたプリントを見ながら味噌汁をすくった。暗記力が落ちるかもしれないという心配から実際はなんの音楽も聴いていなかったドファに、最初に話しかけたのはイスーだった。ドファは片方の耳からイヤホンを外すと、「今、なんて言いましたか」と尋ねるような落ち着いた態度でイスーを見上げた。

——ここに座ってもいいか、って。

ドファがゆっくりとうなずいた。そして『警察英単語総まとめ　犯罪編』の上に再び視線を落とした。

ドファはきちんと畳まれたタオルのように真っ直ぐで端正な女性だった。忍耐強く、忍耐強いからこそ快楽のなんたるかを知っていた。イスーはそんなドファの体を愛した。無愛想なドファの肌にタオルの繊維が起き上がるみたいにぞくぞくっと鳥肌が立つと、イスーは悦び、余裕を失う。ドファも余計なものがないイスーのほっそりした体と、ほのかにマッコリの香りがする脇、冗談のつもりでかすかに触れただけなのに、すぐに硬くなる小豆ほどの乳首が好きだった。イスーは除隊した直後から公務員試験に打ちこんだ。一方のドファは体育大学を卒業後、区のスポーツセンターで水泳の講師として働き、いい年齢になってから警察公務員試験を受けた。鷺梁津にいた二年の間、ドファは半端な時間もぞんざいに扱うことはなかった。自分に与えられた時間をまるでタオルを畳むように、きちんきちんと折り重ねるようにして使った。筆記の勉強はもちろんだったが、午前に二回、午後に二回、一セット十五回ずつトレーニング機器で握力を鍛え、集中力が落ちたときは女性専用のスタディルームで逆立ちすることも辞さなかった。そんなドファの頑固さはスタディルームでも徐々に物笑いの種になっていった。

一浪の末にドファが合格証を手にしたのは二十八のときだった。その年の夏、イスーは七級の公務員試験に落ちた。ドファに出会う前も二度の不合格を経験していたが、最初のうちはそれほど落胆もしなかった。先輩たちが「そもそも七級や五級の試験は三年後を見据えるのが基本だ」と言っていたので、当然そういうものだと思っていた。ところが四年、五年と過ぎると、ある瞬間から焦りが生じた。ドファが警察公務員試験に合格した後も、イスーは一人で鷺梁津に残って勉強した。ドファと出会う前に二年、ドファとともに二年、ドファが去ってから二年、都合六年だから、イスーとしてはやれるところまでやって、行けるところまで行ってから手を引き、鷺梁津を後にしたわけだった。

イスーが試験勉強をやめたきっかけはドファだった。ドファにどこかに行こうと言われたら罪悪感なく出かけたかったし、友人に遊ぼうと誘われたら金の心配なく出かけたかった。でも、そんなことは些細な葛藤だと言えた。当時のイスーをもっとも苦しめたのはドファが一人で大人になっていく過程を遠目に見守ることだった。ドファの口調や表情、話題が変わっていくのを、ドファの世界が少しずつ広がっていくのを、その拡張のパワーが自身を押し出すのを耐え忍ぶことだった。しかもドファは国家が認証し、保証する市民だった。それに引きかえ、自分はなんていうか、学生でも社会人でもない曖昧な成人だった。社会の構成員ではあるが、まだ市民とはいえないような人間だった。警察に入ってすぐは饒舌なほど組織生活の大変さをこぼしていたドファが、自分の前で職場の話を一切持ち出さなくなったことにあるとき気づいてから、イスーはすべてを整理して鷺梁津を後にした。ひとつの時代に別れを告げる気持ちで、後も振り返らずに。後も振り返らないために歯を食いしばり、地下鉄一号線の上り電車に乗りこんだ。

それからのイスーはいくつかの職場のインターンを転々とし、不動産のコンサルティング会社に入った。侵入を阻む壁は低い代わりに、実績という名の圧迫が大きくてストレスにさらされる場所だった。初対面の相手に拒絶、侮蔑、軽視されるたびに、イスーは自分がいたかもしれない場所、いるべきだった場所を見つめた。愁いを帯びた表情で自分の人生がどこから狂ったのか検討した。もちろん勉強をやめて良かったこともあった。少なくとも欲望、そう、つまり着たり食べたり使ったりすることに寛大になれたから。でもその「自由」に慣れるには訓練が必要だった。

——何時？

イスーが眉間にしわを寄せながら尋ねた。

——三時。

——雪降ってる？

——ううん。

——じゃあ、なんでこんなに暗いんだ？

——雪じゃなくてＰＭ２・５よ。

イスーが片手でぎゅっと胃をつかんだ。

——ああ、むかむかする。

普段だったら愛情のこもった小言と一緒に水を持ってきてくれるドファが表情を曇らせた。

——イスー。

——ん？

——今日、出かけるのやめよう。

——急にどうした？

——なんとなく。外の空気も良くないし。面倒くさい。

——俺が飲んできて、帰りも遅かったから怒ってるのか？

——ううん、あなたの体調も良くないみたいだし。

——いや、俺なら大丈夫。急いでシャワー浴びてくるから。今日はお前とうまいものが食いたい。

何度か口を開きかけたドファは、「それならピザでも頼んで家で食べよう」と言った。

——いや、外でいいもの食べよう。金が入ったんだ。

——お金?

——ん。ウォンドクが結婚式の司会の謝礼だって五十万ウォンも包んできたんだ。

——五十万も? じゃあ、それで服でも買いなよ。いつも服がないって、ぶつぶつ言ってるじゃない。なんなら貯金するとか。

——いや、こういう金は使っちゃわないと。何食べようか? ヒラメ? クロソイ? あ、両方頼んでもいいいな。

イスーがシャワーを浴びている間にドファは一通のメールを受け取った。上階に住む大家の女性からだった。ドファは用件を確認する前から体をこわばらせた。引っ越しの多い借主としての体が勝手に反応したのだ。ドファはここ数日、イスーに内緒で一人で住むための家を探していた。この家の契約期間が終了したら、大家に預けてある保証金の一部の五百万ウォンもイスーに返すつもりだった。それなのに大家はどんな用件で会おうと言っているのだろう。浮かない表情で色々な可能性を考えながら階段を上った。ところが大家の女性は完全に予想外の話を切り出した。「来年の春に息子が結婚するのだが、息子夫婦も一緒に住むことになったから近いうちに出ていってほしい」というのが話の大筋だった。そして精算をどうすればいいのか、保証金の残額から、出ていってもらうまでの残り三ヵ月分の家賃を差し引いて返金すればいいのかと尋ねられたのだ。

――家賃？

ドファが目を丸くして聞き返した。大家は今年のはじめに保証金の一部をイスーに返金し、これまでのチョンセ契約から、チョンセを半額にする代わりに月々の家賃を支払う半チョンセに契約を変更したのだと言った。賃貸業を営む立場としては、最近のように金利が低いと毎月の現金収入が望める半チョンセを拒む理由はなかったと。

――いくらぐらい……持っていったんですか？

――うん、一千万ウォン。そこから一年分の家賃を先払いするってことで、八百五十万ウォン返したけど。

――……。

――旦那さん、何も言わなかったの？

――……。

――あらやだ、ほんとに知らなかったみたいね。印鑑と身分証も持ってきたから、てっきり奥さんも知ってるんだと思ってた。

＊

鷺梁津駅の周辺は霧が立ちこめていた。ドファとイスーは駅から続くじめじめした薄暗い通路を抜けて陸橋を上った。所々ペンキが剝げた陸橋の下に水産市場が一目で見渡せた。軒を並べる商店の上、ずらっと一列に取り付けられた丸い照明が眩しいほどだった。二人とも長いこと鷺梁津にいたけれど、水産市場に来るのははじめてだった。沈んでいた気分をしばし忘れたかのように、ドファはその生き生きと騒々しい風景に心を奪われた。うごめき、跳ね、ぶくぶく泡を吐く生き物が四方を埋め尽くしていた。客の目の高さに合わせて斜めに設置された陳列台をはじめ、階段式の水槽、氷が詰められた発泡スチロールと赤いたらいには、さまざまな魚介類や甲殻類がうようよしていた。まな板の上に載せられたありとあらゆる魚が力強く尾を捻《ひね》りながら血を噴き出していた。だがそんな興奮も一瞬のことで、イスーが目的地を見つけられなくて同じ場所を何度もぐるぐる回る羽目になるとドファは癇癪を起こしてしまった。

――電話はしたの?

――それがさ、前もって連絡すると余計な気を遣わせるような気がして。

――でも、今日みたいな日は予約しなきゃ。クリスマスじゃないの。

イスーはためらっていたが携帯電話を出した。そしてポケットから名刺を取り出すと、たどたどしい手つきで番号と通話ボタンを押した。

――どうしたの?

――ん?

――なんで、そんな顔してるのよ?

――それがさ……。使われてない番号だって言ってるんだけど?

イスーは同じ場所を更に二回ほど回ってみた。ドファの表情はこれ以上ないほど険しくなっていた。

――うーん、おかしいな。ここで合ってるみたいだけど?

ドファのようすをうかがっていたイスーは仕方なく、近くの店で場所を尋ねた。ビニールのエプロンにゴム長靴を履いた男が腕をいっぱいに伸ばし、目を細めながら名刺の裏の地図を見た。そしてすぐに、「ああ、青海水産?」とうれしそうに言った。イスーの顔にかすかな希望と安堵がよぎった。

――ここが、そこですよ。

――はい?

――この店が、その店ですってば。

男は「南海水産」と書かれた自分の店の看板を、あごをしゃくって示した。

――前の社長さんのお知り合い?

イスーは答える代わりに複雑な表情を見せた。男は先日、青海水産を引き継いだのだと言った。前の社長は何か問題があったのか、急にここを離れることになったようだったと。

――青海水産を探してたんなら、ちょうどよかったですね。せっかくここまで来たんだから、うちで買ってってくださいよ。サービスしますから。

家を出たときから一人で考えにふけり、店との駆け引きには興味のなかったドファと異なり、イスーは葛藤していた。ゆっくりと他の店も回って、スマートフォンで価格を比較して、値切り方のコツをつかんでから取引したかった。でも、もう何周か市場を回ってみようと言ったらドファが爆発しそうだった。

――あれはなんですか？

――こいつですか？

――はい。

――鯛です。

――鯛ですか？

――はい、石鯛。

イスーは心を引き締めた。石鯛がどんな魚なのかは正確にわからなくても、すごく高いことぐらいは知っていた。男は商売人特有の瞬発力で、素早く潜りこんできた。

――お二人で食べるんですか？

――あっ、はい。

イスーは思わずうなずいた。でもそれは、必ずしも買うという意味ではなかった。

――そういうのって、いくらぐらいするんですか？

――計ってみないと。一キロ当たり十万ウォンちょっとするんですが、特別に九万ウォンまでサービスしますから。

イスーが瞬きをくり返した。男に内心を気取られたのではないかと気になった。

――鯛の旬って今なんですか？

男はしばらく口ごもっていたが、「獲れるのは夏が多いけど、味は冬のほうが良い」と言った。

――そんなの大したことじゃないって。なんでもおいしく食べるときが旬。買わなくてもいいから計ってみてくださいよ。

早くここから離れなきゃという思いとは裏腹にイスーは思わずうなずいてしまった。計りはしたけど買わないのなら、買えないんじゃなくて、買わないように見えるかもしれない。買う気はあるんだというふりをしたかった。客の気持ちが変わる前にと男が急いで手綱を握った。そして慣れた手つきで一匹の石鯛をすくい上げると緑色の秤の上に載せた。

――どれどれ、三キロ弱だから……二十五万ウォンでいいですよ。

イスーはたじろいだ。一キロ当たり九万ウォンと言われたときは実感が湧かなかったが、一皿で二十五万ウォンと聞いて呆然としてしまったのだ。

――タコの踊り食いも二匹ほどサービスしますから。

ドファは、どうせ買わないのにどうしてイスーがためらっているのか理解できなかった。ところがそのとき、イスーの口からびっくりするような言葉が飛び出した。

——ください、それ。

ドファがイスーの腕を引き寄せると小声でささやいた。

——正気なの？

——それにします。

男が取引を急いだ。

——持ち帰りですか？

——いや、市場の中で食べます。

男の動きに上機嫌なようすとスピードが加わった。手網をひっくり返すと、傷一つないきれいな魚がセメントの床の上で激しく体をよじった。鳩色の体に黒い縞が涼しげだった。男が作業台に魚を寝かせると腹に包丁を入れた。大胆そうでいて用心深い手つきで内臓を取り除き、身を剝いだ。イスーは尊敬と畏怖を感じながら男が作業する姿を見守った。

——頭と内臓もお付けしますか？

——はい、ください。

貴重な魚だからか、男は石鯛の皮一枚も捨てることなく紙皿に盛りつけた。イスーは自分が少しだけ興奮していることに気づいた。食べ物にこんな額を払ったことはなかった。胸が高鳴る一方で、これしきのことで何を大げさなという気持ちもあった。マンションでも自動車でもない、たかが魚一匹なのに。もちろんイスーにはわかっていた。「たかが魚一匹」が、一ヵ月分の生活費だった時期もあったということを。もっと少ない金で冬を過ごし、夏を越した時期もあったということを。ドファはお手上げだと言いたげなむっとした表情で、いつの間にか一歩退いていた。男が黒いビニール袋を差し出すと、イスーはくたびれたダウンジャケットの内ポケットから白い封筒を取り出した。丁寧に一万ウォン札を数えるイスーの指先に罪悪感ととときめきの両方が漂っていた。

二人は黒いビニール袋を一つずつ持つと薄暗い路地に入った。水産市場によくある、テーブルのセッティング代と酒代だけを払う食堂を探していた。どこに行こうかとしばし考えていたが、南海水産の社長が薦めてくれた店に向かった。そして靴を脱いで店内に入った瞬間から完全に気圧《けお》されてしまった。

二人はぽかんとした顔のまま、案内された店内の中央に座った。テーブルの間隔がひどく狭いうえに、前後左右どこを見ても酔客ばかりの席だった。周囲を見回してみると、優に二、三百人を超える人びとが広いホールに座り、一斉に噛んで飲み下しながら騒々しくしゃべっていた。ドファとイスーが席につくとテーブルにはあっという間に取り皿と箸とスプーン、薬味ダレが置かれた。サンチュとにんじん、青唐辛子が盛られた小さな籠もついてきた。テーブルには半透明のビニールが敷かれていた。続いて二人が買った石鯛が発泡スチロールの皿に整然と並べられて提供された。ついさっき命を絶たれたばかりの魚の頭が、文字通り魂の抜けた顔で宙を見つめていた。イスーは努めて冷静な表情を浮かべながら小皿の醬油にわさびを溶いた。生わさびだったらもっと好かったのに。二十五万ウォンもする刺身ならそれぐらい当然だろうに。不本意ながらも箸を伸ばした。

——食べてごらん。

イスーがドファのほうに手を伸ばしながら心をこめて言った。ドファは自分の取り皿に置かれたぶ厚くて半透明の切り身をしばらく眺めていた。イスーが一切れつまむと口に入れた。自分の選択に失望しないよう、もぐもぐと慎重に刺身の味を確かめた。

——……悪くないな。

イスーがぎこちなくうなずいた。びっくりするほどの味ではないが、他の刺身と比べると確実に歯ごたえが感じられた。

——そうね。

——ドファもゆっくりと咀嚼した。二人はこういう消費に慣れきっている人間のように振る舞った。

——すみません！　焼酎ください。

普段は酒を口にしないドファが注文した。

――大丈夫か？

――うん。一杯ぐらいなら。

――明日、生放送の日だろ？

ドファが肩をすくめた。

――平気よ。……クリスマスじゃない。

イスーの横に座った男がいきなり大声をあげた。

――すみません！　いや、こっちです、こっち！

イスーは横の男を気にしている素振りを見せないようにしながら、ドファのグラスに焼酎を注いだ。男は「さっきからガラスのコップを取り替えてくれって何度も頼んでるのに、なんでやってくれないんだよ」と、まだあどけなさの残る男性店員をなじった。彼は「すみません」と無表情で謝罪してから背を向けると中国語で何かつぶやいた。確かではないが、どうも悪態らしかった。その姿を横目で見ていたイスーがドファに向かって親しげにささやいた。

――最近はどこに行っても外国人だらけだな。

ドファは形ばかりうなずいた。イスーは妙な気分に襲われたが、こういうときはとりとめのない話で不吉な予感をさっさと拭い去るべきだと知っていた。

――昨日の泰安に行くバスも外国人が多かったな。

――貸切バスに？

――いや、高速バスに。俺さ、司会だったから少し早めに向かったんだ。そしたらモンゴル？　ウズベキスタン？　中央アジアから来たっぽい男たちが乗ってたんだ。韓国で働いてるみたいだった。

――唐津《タンジン》［韓国西部にある忠清南道の市。ソウルから泰安に行く途中にある］に工場が多いから。

――うん。それでさ、その人たちが、とにかくずっとうるさいんだよ。しかも俺の前後の座席に座って、自分たちの国の言葉でぺちゃくちゃと。眠れないし、疲れるし。

ドファは南海水産がサービスしてくれたタコの踊り食いを一切れつまむと、塩を入れたごま油につけた。

――静かにしてって言えばよかったのに。

地肌に塩をつけられたタコのぶつ切りが勢いよく体を捻《ひね》った。

――なんとなくだけど、言葉も通じないような気がして。向こうは頭数も多いから我慢してたんだ。それがさ、急に示し合わせたみたいにバスの中が静まり返ったんだ。

――どうして？

イスーは演出効果を狙うようにしばらく間を置いた。

――海が見えたんだ。

――……？

――ちょうど西海《ソヘ》大橋を通ってたんだけど、はるか向こうにさざ波がきらきら光ってて。大陸の人って海を見る機会がめったにないだろ？　何人かは窓側に移って、真剣な表情で海をじっと見てた。スマホで写真も撮ってさ。家族でも思い出してるのか、何かを懐かしんでるのか、一言もしゃべらないんだ。それがさ、ただの静けさじゃなくて、とにかくうるさかったのがいきなりしんとなったもんだから、すごく印象的だった。

ドファがタコの踊り食いを箸でひっくり返しながら返事をした。

――そうだったでしょうね。

イスーの顔にちらっと失望がよぎった。ドファが自分のグラスにもう一杯酒を注いだ。

――刺身はもう食べないのか？

――ちょっと飽きたかな。

――あ……だよな？　二人で食べるには量が多かったな。

イスーもさっきから満腹だったが、残った切身をせっせと胃の中に詰めこんでいた。

――でも、この高い刺身を締めのメウンタン［刺身をとった後の魚の骨やあらで出汁をとった辛い鍋］には入れられないだろう。ドファ、もう少し食べなよ。無理やりでも食べろって。

ドファが淡々とした表情で三杯目を飲み干した。

――イスー、私たち、出会って八年になるのかな。

――そうだよ、ほとんど十年だろう。

ドファがイスーの目を見ないまま、かすかな声でつぶやいた。

――十年っていったら、ほとんど犬の寿命と一緒ね。

イスーは全身に電飾をぐるぐる巻きつけたクリスマスツリーみたいに明るく笑った。不安なとき、とっさに出る行動だった。

――さっき、大家のおばさんに会った。

イスーはようやくすべてを理解したというように一人うなずいた。

――あのお金で何をしたの？

ドファはわざと礼儀正しく振る舞った。

――実家で必要だって？

イスーが首を横に振った。

――どなたか病気にでもなったの？

イスーはもう一度、しぶしぶ首を振った。

――まさか、ゲーム代に使ったわけじゃないでしょ？

イスーがはじめてドファの目をまともに見た。深い瞳に羞恥と無念が入り混じりながら揺れていた。

――すぐに返すから。

ドファは寛大に、でも厳しい口調で尋ねた。

――今年のはじめのことなんでしょ？

――だから、なるべく早く。必ず返すから。

――ううん、もういいから。

――ん？

――最近ね、一人で住む家を探してるところなの。だからあなたも……。

イスーは焦り、恐怖を覚えた。

――ドファ。

――お金は……ゆっくりでも大丈夫。来年の三月までに出てくれって言われたから、それまでに荷物の整理をしてくれれば。

――ドファ、言わなかったことは謝るよ。全部、説明……。

ドファが聞きたくないというように顔を背けた。そのとき誰かがイスーに近づいてくると声をかけた。

――お、先輩！

イスーの顔に焦りの色が浮かんだ。

――先輩、どうしてここに？

――あ、ミョンハクさん。

ドファは今の二人の空気もあることだし、知らない人と挨拶もしたくなくて目を伏せた。

――今週はなんで来なかったんですか？　今年最後の勉強会だから、みんな待ってたのに。

ドファが顔を上げてイスーを見た。イスーはその視線を避けた。ミョンハクがようやく、「誰?」という表情でドファをちらりと見た。ミョンハクの気立ての良さそうな目は善意と好奇心でいっぱいだった。ドファは心の中で、「まだ挫折を知らない目……」とつぶやいた。ずっと昔、これと似た目を持った人に会ったことがあると。自分もあんな目をしていたことがあったと思った。二人の間に流れる微妙な気配を察したミョンハクは、機転を利かせてその場をまとめた。

——あ、お二人のデートを邪魔したみたいですね。話を続けてください。先輩には今年、ほんとにお世話になりました。一月の第一週の勉強会には来ますよね? そのときに過去問の問題集を返しますね。ありがとうございました。それが言いたくてお邪魔しました。

イスーがゆっくりとミョンハクを見上げた。そしてうんうんとうなずきながら、笑っているようにも泣いているようにも見える、なんとも言いがたい切ない笑みを浮かべた。ミョンハクは席を立ち、その後の長い沈黙を破ったのはドファだった。

——会社は?

——辞めた。

——毎日スーツを着て、また鷺梁津に行ってたの? 一年間?

イスーが透明なグラスの底を凝視した。

——どうして?

何か言うのかと思ったが、イスーは黙って唇を震わせた。

――どうして言ってくれなかったの?

――……最後だから。

――えっ?

――誰かに話しちゃったら、自分自身に最後だぞって言えなくなりそうだったから。

――……。

――でもさ、今回はほんとにいい感じなんだ。きっとうまくいく。四年前も最後だって言ったけど、今回はほんとにほんとの最後だから。だから、ドファ、もう少しだけ待ってほしい。絶対に、あと一回だけ。来年の夏まで頼むよ。

ドファは落ち着いた顔でイスーの顔を眺めた。その昔、イスーが玄関を出る時間になると、「あの人があのまま消えてしまったらどうしよう、歩いてて交通事故にでも遭ったらどうしよう」と、胸がずきずき痛んだ記憶がよみがえった。

――イスー。

――うん。

――私はね、お金がないから、公務員になれないから、チョンセの保証金を勝手に持っていったから、あなたと別れようとしてるわけじゃないの。

――……。

――そうじゃなくて、私の中の、何かが消えてしまったの。それを取り戻す方法は、もうないみたい。

――……。

グラスを握るイスーの手が細かく震えていた。時間が経つにつれ、店はひっきりなしに訪れる客でいっぱいになった。片隅で軍帽を被った老人たちが赤い顔で歌い、その隣では受験生の一団が騒々しく乾杯していた。メウンタンがぐつぐつ煮えるカセットコンロの周囲を子どもたちが叫び声をあげながら走り回り、大型の壁掛けテレビでは脱北者が北朝鮮の体制を批判していた。きよしこの夜。誰かが訪ねてきたとしても、立ちこめる霧のせいで決して見分けられなさそうな夜。数百人ががなり立てる刺身屋で、全員が大声を張り上げる中で、イスーとドファだけが沈黙していた。

*

十二月二十六日のPM2・5の濃度は「悪い」まで下がった。ドファは交通安全課・総合交通情報センターに出勤して制服に着替えると、夜の間に溜まった交通情報を分析して生放送の台本を準備した。長姉みたいな存在のパク巡査部長がドファを見るなり「その顔、どうしたの?」と尋ねてきたが、ドファはただ、にこりと笑った。聞く人がもっとも多い七時台の放送はチェ警部補が、その次の八時台のコーナーをパク巡査部長が進行した。ドファは九時五十五分の担当だった。三人は交代しながら助け合った。

生放送の五分前、ドファはぬるま湯で口を潤してからカメラの前に立った。そしていつものように身なりを整えながら、「ふん、ふん」と声帯の緊張をほぐし、カンペのカードを確認した。群青色のカードの裏に描かれた黄色いオオワシが鋭く、凜々しい表情で前方を睨んでいた。チェ警部補がドファにキューとサインを送った。ドファは明るく健やかな笑みをたたえながら口を開いた。

――五十五分の交通情報をお伝えいたします。交通量は多くありませんが、大気が白く濁っています。霧とPM2・5などが入り混じって視界が悪くなっていますので、車のヘッドライトをつけて運転してください。続いて鷺梁津……。

ほんの一瞬、ドファは言葉を失った。ほとんどの人が気づかないミスだったが、ベテランのチェ警部補だけはただならぬ目つきでドファを注視した。ドファは鷺梁津という単語を口にした瞬間、熱いものがこみ上げてくるのを感じた。この単語一つにさまざまな記憶が混じり合い、入り乱れるのがわかった。鷺梁津でいくつかの春と冬を過ごし、一度も旬を満喫できずに枯れていった、若かった恋人の顔が浮かんだ。教会の食堂で「ドファさんが好きかなと思ったんで、たくさん取ってきました」と言いながら、白いプラスチックの器に山盛りの肉団子を自慢していた姿、背表紙以外の三方が真っ黒になった韓国史の教材、枕カバーに付着した白髪、目尻のしわ、肌のにおい、そんなものが押し寄せてきた。真冬、ドファがぶるぶる震えながら玄関を開けると温かい両手で凍りついた耳を溶かしてくれた姿や、夏になるとドファのほうにたくさん風が行くように扇風機の角度を調節してくれた横顔も。その瞬間ようやく、昨日の午後に大家から話を聞いたとき感じたのは裏切られたという思いじゃなくて、安堵だったことに気づいた。まるでずっと前から、イスーのほうが先に大きな過ちを犯すことを願っていたかのようような。イスーはこの先……どこへ行くんだろう？　ドファは喉元に引っかかっているこれまでの時間をなんとか抑えこむと唾を飲みこんだ。そしてチェ警部補が収拾に乗り出す前に急いで言葉を続けた。交通放送でいつも使っている言葉、ドファが信頼する言葉、誇張も、修辞も、歪曲もない文章を繰り出した。

——鷺梁津駅から地下鉄九号線のノドゥル駅に向かう方面で、乗用車同士の衝突事故が発生しました。現在は事故処理も完了しており、上り下りとも交通渋滞はありません。

ドファの背後のスクリーンに監視カメラが映し出すオリンピック大路の映像が広がっていた。そのとき監視カメラに向かって一羽の鳩が飛んでくるとレンズを塞いだ。モニターには上空から見下ろす道路の代わりに、羽ばたく翼が幻影のようにちらつきだした。鳩を追い払おうとカメラが動いた。その姿を少しの間ぼおっと眺めていたドファは、次の情報を伝えるためにカードへと視線を戻した。もう、きよしこの夜には戻れるはずもない、悠久の祝日が終わりを迎えた翌日の、永遠の平日、十二月二十六日だった。

沈黙の未来

私には古《いにしえ》より続く名前がある。それは長い。最後まで言い終えるには誰かの一生を要する。ある者はそれでも短すぎると言った。数百年、数千年にわたって一度も休むことなく呼び続けなければ、私を正式な名前で呼ぶことはできないだろうと。それでもその長さに臆することなく実際に呼んでみた者は、私の名前が二倍の長さに増えていることを発見した、間違いないと言うだろう。聞いてみたら私も自分の名前を忘れていた。自分の名前が気になるたびに、かつて私の名前だったり、名前の一部だったかもしれない記憶をたどる。すると、いくつかの手掛かりがおぼろげによみがえる。

私は誰なのだろう。そして何歳なのだろう。

産声、もしかするとそれが私の名前だったのかもしれない。死の直前、宙に向かって意味不明の言葉を吐き散らしたある者の絶望、それが私の顔だったのかもしれない。複雑な文法の中にこめられた単純な愛情、それが私の表情だったのかもしれない。決壊する直前のダムのように、あふれんばかりの言葉で埋め尽くされてゆらゆらと揺れる悲しみ、それが私の心だったのかもしれない。私は自分の名前を諳《そら》んじることができない。しかし自分が誰なのか説明することはできる。あなたが誰であれ、私が話す言葉はあなたの言語圏で使っている言葉のように聞こえているはずだ。

私は今日、誕生した。そしてじきに消滅するだろう。私たちはみな公平に一日ずつ生きる。老人として生まれ、もう一日老いてから老人として息絶える。その一日はある種の歴史よりも長く、同時にその種の欠伸《あくび》ほどに短い。私たちは生まれてすぐに、自身の履歴を一瞬で学習する。前世に生まれ、前世で死を迎える。私たちにしかわからない固有の単語を発音すると、はるか彼方の深淵からいくつもの時間が水切り遊びをするように、ぱん、ぱん、ぱんと一気に駆け寄ってくる。時空が押し寄せる。おそらく、あなたの言語圏で使っている言葉も同様だろう。それが古より続く言葉だとしたら、そうだとしたら。

私は誰なのだろう。そして何人いるのだろう。

私はこの世界から一つの言語が消滅した瞬間に、その言語から脱け出た息吹と精気から成る霊。私は巨大な目にして口、一日限りの命として生まれ、しばし前世を俯瞰する言葉。私は単数にして複数、霧のような一つの塊でありながらそれぞれの粒子として存在する。私は私が私でいられるよう加勢してくれたものの総体、だがその総体が自らを消し去る過程で作られた沈黙の重さ。私は不在の体積、私は喪失の密度、私は揺らめきながらも消えまいと頑張っていた火影がふっと消える瞬間に発する力。動物の死体や食物が腐敗しながら発する熱。

私は誰なのだろう。そしてどこに暮らしているのだろう。

私は雲のように軽く、風のように奔放に、次から次へと、どこへでも移動する。そして自分に似たものといとも簡単に結合する。別の霊と出会い、混じり合う。体を大きくして地上に影を垂らす。その陰で単語に死装束を纏《まと》わせる。私は始原にして終焉、未知にして既知、ほぼすべてでありながらどうということのない歌。私はこんなふうにしか自らを説明できない。他の部族の文法をいくつか借りて述べたとしても結果は同じ。私たちには目に見える顔や体がない。だが私たちは自分が誰か知っている。

私は今日、この世にたった一つだけの言語でしゃべり、一つだけの死を迎えた者のもとを去った。彼は喉頭がんを患う老人だった。そして黒い肌に、見事なまでの白くて長いまつ毛の持主だった。彼の喉には小さな穴が開いていた。彼はその穴で話をした。その小さくて丸い器官が私の最後の住み家だった。もちろん私は彼の胸や頭、瞳の中にも存在していた。だが彼の呼吸や筋肉、意志を借りて飛び回ってこそ自分らしく動くことができた。頻繁に汚染され、他人との交際にしょっちゅう失敗してこそ健康になることができた。無論たまに致命的な失敗もあったが。私が知る限り、そうした失敗を経験しない霊はいなかった。幼いころの彼はかけっこの得意な少年だった。夢は自分の二本の脚で行ける限り遠くまで行ってみることだった。後に彼は本当にやり遂げた。その夢を抱いてから二十年の月日が流れていた。当時の彼にとってもっとも遠く離れた場所とは、何日も駆け、歩き、また走ることを続け、ついに到着した場所とは……故郷だった。彼は九十二歳でその生涯を閉じた。そして息を引き取る直前、最期にどうしても言い残すことがあるというように、虚空に向かって荒い息を吐いた。だが彼の言葉を理解できる者は一人もいなかった。その言葉の唯一の話者であり、聞き取ることができるのも自分しかいなかったからだ。老人の首にはめられた補助装置から、しきりに不安定で怪しげな機械音がしていた。同じ言語圏の人間だったとしても、かなりの集中力がなければ聞き取れない声だった。彼は周波数の合っていないラジオのようにじーじー言い続けた。だが自分のしゃべっている言葉を完全に理解していた。目を閉じる直前、彼は自分の言葉を聞き取れる人間が一人ぐらいは傍にいてくれることを願った。年齢や性別、職業や性格はどうでもよかった。相手が極悪非道な犯罪者だったとしても構わなかっただろう。私の最後の話者、黒い肌に優雅なまつ毛を持つ老人は、誰かが自分の言葉に耳を傾け、目を合わせてから、自分一人じゃなくて、誰かと共有するのは本当に久しぶりなうえに、平凡すぎて、身近すぎて、涙が出そうな母国語で何か答えてくれることを願った。「うん」とか、「そう」といった簡単な言葉だとしても、それだけだとしても。

ここには体の不自由な人間が多い。いつの間にか一気に老いてしまった者が多いからだ。彼らの中には目は見えないが誰もかなわない記憶力を持った老婆や、幼いころに学んだ六つの部族の言語で毎日のように戯言《ざれごと》を言う認知症の老人もいた。一時は優れたシャーマンだったが今は誰からも尊敬されない中耳炎患者や、都会に出て格好の良い消費者になるのが夢だったが今はなんの夢も持たず、ただひたすら食後のデザートに炭酸飲料が出るのを待っている戦士もいた。彼らはみな、この世界にたった一つだけの言語を駆使する最後の話者だ。そしてほとんどが一人で暮らしていた。彼らは高らかに響く母語の真っ只中に、宇宙の真ん中に自分が放り出されたことをずっと前から知っていた。混雑した騒々しい市場で母親とはぐれ、今さら泣いてみたところで無駄だった。みな死に絶えて、生き残ったのは自分自身と、とてつもなく美しくて、途方もなく精巧で、自分一人ではとても手に負えない、その言葉だけだということを……結局は受け入れなければならなかったから。彼らは底知れぬ闇と沈黙の中で自身に起こった出来事を理解しようと努めた。一日のほとんどの時間を、自らを慰め、説得することに費やした。誰もが世界に一人ぼっちで取り残される可能性があり、最後の話者になる可能性があるが、それがよりによって自分だということを、今もそうだしこれからもそうだろうし、この事実は永遠に変わらないだろうということを納得しなければならなかったから。そんな単純な現実を認めるのに、ある者は生涯を費やした。別のある者は死ぬ日まで状況は変わるはずだという希望を捨てなかった。まるで奇跡のように、誰かが部屋のドアを開けて入ってくると自分の部族の言葉で朝の挨拶をしてくれることを。憐憫も、軽蔑も、好奇心もない顔で、あれこれとくだらない言葉を並べ立ててくれることを願った。だがそんなことは起こらなかった。ここの住人たちは「一人」という単語をすり減ってなくなるまで触って、触って、触り続けた。体に良い毒でも飲むように、日々少しずつ悲観を味わった。苦痛や忍耐の中で、孤立や不安の中で、希望や疑心の中で、少しずつ白く、白く結晶化されていく孤独……あまりに苦くてしょっぱい孤独。その結晶は独特すぎて、もう誰かに説明しようとは思いもしない。うっかり口を開いたが最後、一気に押し寄せてくる感情と言葉の洪水に押し流されて溺死するかもしれないから。

*

ここは外部との接触が制限された特別区域だ。巨大な規模と秀麗な景観を誇る記念館であり、学習の場、研究所、民俗村としても使われている。正式名称は「少数言語博物館」。この世から消滅していく言語を保存して、研究するという趣旨のもとに設立された。博物館の敷地に選定されたのは「中央」の人間でさえも首をかしげた、名前の知られていない僻地だった。赤く乾いた土地が果てしなく広がる原野だった。博物館の設立計画が発表されてからいくらも経たないうちに、ありとあらゆる重装備を積んだ車両が土煙を上げて集結した。てきぱきと釘を打っていると思ったら、あっという間に工事を終えて帰っていった。

今ここには千人以上の話者が、千以上の言語を守りながら暮らしている。決められた規律とシステムに従って昼間は博物館で働き、夜は寄宿舎で眠る。一つひとつの展示室はそれぞれの言語を代表する空間として、各部族に先祖代々から伝わる方法で建てられていた。自分の部族の伝統衣装を着た一人以上の話者が各展示室に常駐する。ほとんどが一人だが、ごく稀に二人いることもあった。男性同士だったり、夫婦だったり、老人と子どもの組み合わせで構成された「標本」とでも言おうか。終日一人ぼっちで展示室を守る者は、相棒のいる者をひどく羨ましがった。相棒と仲が悪くてほとんど会話のない「サンプル」だとしても羨ましいことに変わりはなかった。相対的に仲の良いカップルは、相手が自分より先に死んだらどうしようと心を痛めるせいでげっそりしていた。この中である者は孤独のために、またある者は孤独を予想する孤独のために少しずつ正気を失っていった。

千室以上の展示室は各地域の気候や風景、建築材料と伝統的な方法に従ってさまざまに復元されていた。だがほとんどが不自然で見栄えがしなかった。いい加減にペンキを塗った発泡スチロールの岩やプラスチックのヤシの木、柱と床のつぎ目ごとにセメントの跡が残る雑な造りの番小屋はもちろん、各部族の特徴を無視してあちこちに置かれた白人のマネキンもそうだった。ここを設計した人間たちは部族と部族の間に十分な空間が与えられるべきだと判断した。現存する構成員が三人にも満たない共同体とはいえ、彼らが数千年にわたって積み上げてきた歴史と文化が息づく物理的な空間とでも言おうか、時空が衝突しないだけの距離が必要だった。ここが本当の意味で何かを保存している場所だという印象を与えるためにも、そうする必要があった。全員がこれは実物ではない模型なんだと自覚しつつ見ているとはいえ、あまりにも偽物っぽい雰囲気が出てはならなかった。

地理的な特徴に従って大きく分けられた展示館は人工の池や丘、竹やぶ、小道に沿ってぽつりぽつりと続いていた。脇道の間には管理室と売店、寄宿舎、公衆トイレも然るべき場所に配置されていた。チケット売り場で配布している無料の絵地図には各建物の番号が記されていた。ゆっくり見て回ろうと思えば数日はかかる規模だったから、訪問客のほとんどは一部だけざっと見ると帰っていった。ここの一番の見どころは中央にある噴水だった。名前こそ噴水だが、穴から水の代わりに「言葉」が流れ出す独特な造形物だった。造形物を支える役割の柱の上には透明の大きな球が載せられていた。表面に六つの大陸のシルエットが半透明色で刻まれた地球儀だった。ガラスでできた透明な球の中では、さまざまな形態の文字が輝きを放ちながら自由気ままに漂っていた。色々な種類の言語をホログラムの光で形象化したものだった。人びとは球に詰められた言葉がダンスでもするように思い思いに動き回る姿を好んだ。言葉は明るい照明をあてられながら、午前の間ずっと快活に飛び回った。そして正午になるとしばし動きを止め、ガラス球が花弁の形に広がると滝のように降り注いだ。

中央はここ、少数言語博物館に大金をつぎこんだ。そしてその費用と負債を観光収入で補おうと目論んでいた。だがはるばるこんな遠方まで、ロケットがあるわけでも恐竜の化石があるわけでもない、たかだか消滅していく言語を見ようと土煙をかぶってまで来る者は多くなかった。ここが動物園やロボット展示館、せめて寄生虫博物館だったら状況は変わっていただろう。博物館は慢性的な赤字に苦しんでいた。千人以上の居住者を引き取って食べさせるのに必要な経費はもちろん、公共料金の支払いすらぎりぎりだった。中央は最終的に入場料を二倍にすると決定した。来場者の数はさらに減り、今ではここを訪れる人はほとんどいなかった。いたとしても一日に数十人だった。そのいくらもいない来場者のために千人以上の人間が働いていた。仕事といったら粗雑なことこの上ない展示室に座り、あてもなく客を待つことだけだったとしても。彼らは黙々と自分の場所を守る。みな記念切手みたいな顔をして一日中。そして稀に二、三人の客が現れると、すっくと立ち上がって自分の母語を一言、二言と聞かせてから歌い踊る。展示室の一角には彼らの母語の活字模型と本、民俗品が並べられている。幾何学模様が刻まれたナイフや色とりどりの房がついた髪飾り、植物の茎を利用して作った籠などだった。呪術と歴史と歌が入ったコンパクトディスクも特価で販売されていた。

中央は絶滅の危機に瀕している言語を保護し、戒めるためにこの区域を造成した。結果は正反対だった。そしてそれは中央が内心望んでいたことだった。彼らは忘れるために哀悼した。蔑視するために祭り上げ、殺すために記念した。もしかすると最初からすべて計算済みだったのかもしれない。今日もここでは古《いにしえ》より続く言語の一つが嘘みたいに消滅した。半月に一度の割合で起こることだったから、今さら驚く者もいない。そうやって最後の話者のもとを離れ、天に昇った存在のうちの一つが私だ。私は自分の前世を切れ切れに思い出しながらはるか下方、誰かが捨てていったここの入場券を見下ろす。それは風に翻《ひるがえ》りながら舞っていた。質の悪い紙に、鮮やかな伝統衣装を纏《まと》った人たちが一斉に手を振って笑っている姿が見える。私は彼らに笑顔で答える。それが我々の職業だったから。笑うこと、また笑うこと。どんなことがあっても笑うこと。そうして永遠に、決して死なないかのように振る舞うこと。

*

ここは午前八時から午後六時まで開放されている。夜になると博物館の門が閉められ、区域内のすべての灯りが消される。そのときの風景は真夜中の満潮に沈んだ干潟のように森閑としていて真っ暗だ。千人以上の話者が寝泊まりする寄宿舎は低い丘を境界に、区域内のもっとも奥深い場所に位置していた。その位置は博物館のパンフレットや地図には表示されていない。千人以上の話者はどこにも存在しないまま存在する形で存在していた。

寄宿舎に寝泊まりしている者はみな、共通の規律を守らなければならない。消灯時間と就寝時間の順守は基本だ。彼らが自分らしく振る舞えるのは展示室にいるときだけで、日が暮れると中央のやり方で建てられた寄宿舎で、中央のやり方で眠る。食事も規格化されたトレーに盛り付けられ、中央のやり方で食べ、用も決められた場所で中央のやり方で足す。だからといって彼らが「中央」なのかというとそうではない。彼らは集合写真の中で徐々にぼやけていく幽霊のように曖昧に存在していた。区域内で中央の言語を体系的に教えたり、強要したりすることはなかった。コミュニケーションのシステムが統一されると問題が生じる可能性があると判断したためだ。管理者は各言語の固有性を守るという名分のもと、部族の異なる者同士が言葉を交わすことを禁じた。

今ここに集まっている者のほとんどは孤児だ。博物館だけでなく、もはや世界のどこに行っても一人ぼっちだという点で孤児だ。地球には今も多くの少数民族が存在し、彼らの言葉もやはり点在している。だからといって誰もがここに入れるわけではない。中央ではその言語の実質的な使用者が十人未満の場合に限り、入居を許可していた。マスコミは彼ら全員に入居の同意を得たと騒いでいたが、ここに来た者の多くは中央が言うところの同意の正確な意味をわかっていなかった。ある者は思いもよらない強制移住の憂き目に遭ったのだと述べ、ある者は同意書なんて見たこともないと言った。良く言えば召集だが、蒐集で徴収だと、狩りだと声をあげる者すらいた。もちろんその言葉を聞き取れる人間は一人もいなかった。最後の話者になった。血気盛んに抗議していた彼らも今や歳をとり、重い沈黙に沈む老人になった。最後の話者になった。博物館は該当する言語の最後の使用者がこの世を去っても、展示室はそのままの状態を維持する方針を打ち出した。展示館では半月に一度の割合で部屋が空いた。生前に話者が座っていた席にはマネキンが代わりに座った。塗料のはげた唇にぎこちない笑みを浮かべ、なぜかいつもワンサイズ大きく見える服を着て。それだけでなく展示室の前には、まるで差し押さえのように赤色で「滅」という意味の中央語が刻まれた。

展示館を守る彼らの日課はどれも似ている。展示室の片隅にぽつねんと座り続け、見物客が来るとすっくと立ち上がって姿勢を正し、二言、三言の言葉を発した。「こんにちは」だとか、

「私の名前は誰々です」、「父がつけてくれました」といった簡単な挨拶だった。くり返される文章は展示室ごとに少しずつ異なった。「地の精霊はあなた方の訪問を許可する」と言う者もいれば、「ここを通り抜けるなら、あなた方も我々の言葉で話さなければならない」と嘘の脅し文句を並べる話者もいた。見物客は耳に小さな機器を差しこみ、中央の言葉に訳された彼らの言葉を聞いた。そしてガイドの案内に沿って形式的にあちこち見て回り、たまに無礼で愚かな質問をすると帰っていった。ごく稀に耳から機器を外して見物だけに集中する者もいた。その言語に関するなんの説明もなく、展示室の前に「翻訳不能」または「研究中」と書かれた標識が貼られている場合がそうだった。その展示室の中の話者は文字通り動物園に閉じこめられた獣のように座っていた。他の部族よりもずっと暗い顔つきで。彼らは此岸から彼岸を見渡すような目でこちらを眺めていた。そんなときの彼らは試験管に詰められた青銅器時代の種もみの品種のように見えた。生き延びたという理由だけで、その事実だけで、どこか干からびた気味の悪い印象を与える。見物客は腕を長く伸ばして、彼らが背景に映りこむように自撮りした。

ある部族では頬ずりと、頭頂部と足の甲への口づけが挨拶だった。だがいつからか博物館では話者と見物客の接触が禁じられた。博物館が定めたマニュアルどおりに「今日はほんとにいい天気ですね！」、「今日はわりにいい天気ですね」と十年にわたって話し続けてきた話者がある日、鋭い物体で見物客の首筋を切りつけたことがあった。私がこの一件についてよく知っているのは、彼こそが喉頭がんを患っていた私の最後の話者だったからだ。彼の手には半月の形をした石包丁のような閃く物体が握られていた。管理者も最初はそれが何かわからなかった。だが注意して見てみると、彼が属する部族に伝わる伝説と歌が入ったコンパクトディスクだということがわかった。見物客は片手で喉を押さえたまま倒れ、閃くコンパクトディスクからはぽたぽたと血が滴っていた。

＊

岩を持ち上げると光に驚いて逃げ出す虫の群れのように、ここにはあらゆる言葉がうごめいている。神のみぞすべてを理解し、享受できるであろう文法や時制、そしてメロディが。女性名詞と男性名詞、単数形と複数形、受動と能動、対等な言葉遣いと敬語など、各国固有の文法が五線譜だとすると、人間が出せる音の数々、牙音、舌音、唇音、歯音と半歯音、鼻音、喉音などが音符となってオーケストラが荘厳な演奏を奏でる。そこにイントネーションや身振り手振り、表情が加味されるのはもちろんだ。この多彩な和音には退屈を耐えられない神の性情と、他人と同じであることを嫌う人間の性格が詰まっていた。例を挙げるときりがないが、私が他の霊から小耳に挟んだいくつかのエピソードを紹介すると大方はこうだ。ある部族の言語は声のトーンが数十個ある。彼らはある熱帯地方に住む、赤くてしわくちゃな喉と華麗な風貌を持つ希少な鳥みたいに鳴いた。異邦人の耳にはただ、「ク、クホッ、フホ、ホッ」としか聞こえない音がどうやったら数万種の文章へと広がっていくのかは私にもわからない。ある部族の時制には前世と生まれ変わりが含まれている。そんなことを誰が決め、そうしようとどんなふうに説得したのか他の部族は見当もつかない。ある国の動詞は百五十回以上も姿を変える。それはプリズムに当たった光のように幾筋にも枝分かれして屈折する。単語が音に反射して精神に虹を映し出す。ある民族にとって愛は接続詞、その隣の民族にとっては助詞なのだ。しかしまた別の部族では本来そういうものに名前をつけるべきではないとして、名札は一切つけない。ある民族の「会いたい」は一音節で用が足りる。だが別の部族の言葉では十を超える文章で表現される。それだけではない。ある寒い地方では吐く息の形も単語の役割をしている。

ここには言語と同じぐらい、さまざまな事情を抱えた者が暮らしている。ある老婆は文字がわからないのに数万年分の叙事詩を一行も違《たが》うことなく暗唱できる。さながら自分の胸に彫り上げた点字の一つひとつを念入りにたどっていくような格好だった。彼女はただ美しいからという理由で蒐集の標的にされたアラビアオリックスの角のように、消滅する運命に生まれついていた。ここでもっとも高齢の部類に属する老翁は、少年のころ言語学者の荷物持ちをしていた。少年は学者が海の向こうから持ち帰った巨大な録音機を肩に担いで河を越え、曲がりくねった谷を通り抜け、高い山に登った。少年は自分が背に担いでいるそれがただものではないことを知っていた。時折その中から少年の知っている人の声が流れてきたからだ。当時の学者たちはいくつかの部族の叙事詩を録音するため、実に米一俵ほどの重さになるアルミニウムのディスクを使用していた。少年はそれを大平原、深い山奥、どこにでも運んだ。当時の彼は、その歌と言葉がこれほど早く消滅するとは想像もしていなかった。だがもっとも予想外だったのは、自分がこうして、生きたテープとして展示されるようになったことだった。

一度、区域内で子どもが誕生したことがあった。開館以来はじめての出来事だった。子どもの両親は互いに異なる言語を使っている少女と少年だった。監視と統制の中、どうやったらそんなことが起きるのかと誰もが驚いた。同時に歳をとって賢くなった人間どもは、そんなことはいつでもどこでも起こり得るとうなずいていた。母子ともに健康で、誰もがその子を愛した。子どもの泣き声。千以上の言語を使用する千人以上の人間が一度で理解できる言語が、しばらくの間は区域の中に生き生きと響き渡っていた。小さくて軟らかくて温かな生命を眺める老人たちはいつになく目を見開いた。すでに夫婦の出産に至るまでを把握していた中央では子どもの成長過程を記録し、サンプルとして残そうとした。大災害でも起きない限り、子どもは二人、もしくは一人の保護者のもとで、その部族の言葉を学びながら成長するはずだった。しかし子どもの両親がそれを望まなかった。自分の子どもでない、どこかの誰かだったとしても、そんな生き方をさせるわけにはいかなかった。両親は結局、子どもを外に逃がした。ゆりかごを見物客の車にこっそり積みこみ、自分たちも知らない世界へと解き放った。彼らはひどく胸を痛めたが、後に子どもが博物館で直面する絶望に比べたら、この程度の苦しみなんてどうってことないと思った。

そして私の話者、幼いころはかけっこが得意で老いてからは喉頭がんを患った私の話者は一時、区域を脱出したこともある勇敢な青年だった。彼は十五歳でここに来た。ある夏の夜、異邦人に渡された酒を飲んで眠り、目が覚めたらここにいたとのことだった。彼は数日の間、すれ違う人を手当たり次第につかまえては自分の境遇を説明しようと努めた。だが彼の訴えに耳を傾ける者はいなかった。彼の使っている言語を理解できる人間が一人もいなかったからだ。激怒し、抵抗し、哀願し、意気消沈すること数回。彼もいつの間にか他の者と同様に深い沈黙に沈んでしまった。正気を失った人のように一日中、一言も話さずに展示室の中で座っていた。そんなある日、どんな心境の変化があったのか見物客を見るとすっくと立ち上がり、自分でもびっくりするほど快活な声で「こんにちは」と言った。「会えてうれしいです。今日はほんとにいい天気ですね！」と。

区域内で三十五回目の誕生日を迎えた日、彼は館内の食堂でスプーンを使って缶詰をこそぎとっていた。缶の中身は正体不明の魚で、中央の伝統的な香辛料と化学調味料で一様に和えられていた。釜で花束を茹でたようなにおいにむかむかして、はじめのうちは手もつけなかった食べ物だった。彼はスプーンについた魚の油をぺろぺろと舐めながらとぼけたような、でもずる賢い目で周囲をゆっくりと見渡した。脱出は泰然と、自然に実行された。寄宿舎に帰る隊列から離脱し、偽物の竹やぶで服を着替えてから団体客に紛れて悠々と出口から脱け出せば、それで終わりだった。「生きることと似て非なるもの」から「生きること」への越境はあまりにあっけなさすぎて、彼は外の世界で二十年ぶりに触れる風の感触と目に入る夕焼けの質感に空しさを覚えた。彼は自分の足と、耳で覚えたいくつかの中央語を頼りに故郷を目指した。星を見て方角の見当をつけ、走っては歩き、また走ることをくり返した。かなり経ってから血だらけの足で故郷に到着したとき、渓谷を通り過ぎ、峰を越え、生い茂る藪をかき分け、ようやく村の入口に到達したとき、彼が目にしたのは人っ子一人いない、埃風の舞う、はるかな荒地だった。どういうわけかすべて切り倒されて根本しか残っていない木々が、碁石のように果てしなく続く不毛の地だった。

管理者はひどい身なりで戻ってきた男を感情が抑制された事務的な顔で見つめた。こういう事態ははじめてでもないというように、慣れたようすで行政手続を行った。男は消毒薬の混じった水でシャワーを浴び、医療班が処方した薬を飲むと寄宿舎に帰っていった。そうして数日の間、高熱にうなされながらうわごとをくり返した。体に異変が起きたのはそのときからだった。彼は壊れたラジオのように毎日じーじー言っていた。だがつい今しがた、そのラジオは電池切れを起こしたかのように動かなくなり、彼の体からはもう二度と、どんな音も声も発せられることはなかった。

ここの話者たちは中耳炎や関節炎、認知症、白内障の他にも心の病を抱えて暮らしている。それは言葉への、言葉に対する重度のホームシックだった。彼らは昔だったら決して心揺さぶられることなどなかった、いくつかの平凡で単純な言葉を前にぐらついた。ある者は自分たちの国の言葉で「ネクタリン」と言っては泣き、ある者は「カンノンチク」と言っては胸が張り裂けそうになった。赤ん坊のころに人差し指で手のひらをつつきながら遊んだときの「つんつん」という単語がいきなり頭に浮かんできて、こみ上げるものを堪えきれない者がいるかと思えば、「黄緑」や「チュー」という単語の前で深呼吸する者もいた。私はそれを他の霊から聞いた。私の最後の話者はそうした言葉に振り回されまいと、できるだけ口をつぐんで暮らしていた。だが長いこと失踪中だったのにある日いきなり川に上がった遺体のように、無言の主張のように、心の中をさまよい続けるあらゆる思いは口を開かずとも喉元に湧き上がってきた。彼にとって母語は呼吸で、考えで、刺青だったから、いきなり使いたくなったからと簡単に消したり、やめたりできるものではなかった。彼は言葉と別れるのに失敗した。だからといって言葉とうまく付き合えたわけでもなかった。言葉を使わないと寂しいし、言葉を使うともっと寂しい日が続いた。彼はあらゆる言葉を懐かしむことに人生の大部分を費やした。一人ではなく二人で交わす言葉、三人で話せばもっと良いし、五人で話せればもっとずっと楽しくなる言葉。騒がしくてくだらない言葉。誘惑し、騙し、冗談を言い、怒り、なだめ、非難し、弁明し、訴える、そんな言葉の数々……。彼はいつだって私を自由に操りたいと思っていた。そして私の名前のやまびこと、そのやまびこのやまびこが作り出す、中央がくぼんだ磁界にすっくと立つことを望んでいた。ただその素朴な願いのせいで胸が張り裂けそうな気分をよく味わった。言葉を表現し、味や色を描き分け、感情を示す、その豊かな語彙は死んでも忘れられないと死の刹那に考えた。彼は獣のように「クホ、ホオオ、フオッ」という音しか出せなかったが、私の名前を呼んだのだということを私は知っていた。

＊

彼が目を閉じる直前の姿が思い出される。感情を持つロボットのように機械音を発しながら体を震わせていた黒い顔が浮かぶ。彼が「ウオオ、フオオ」と呟くとき、それは氷河が崩れる風景に似ていた。数百万年以上にわたって厳粛に厳然と存在していたのに、一瞬でどっと崩れ落ちる氷の表情にとてもよく似ていた。それは静謐で荘厳だったが同時にどうでもいいことのようにも見えた。なんと言うか、何一つこの世に反響を呼ぶことができないままの滅亡、沈没を目撃した気分だった。彼は最期に完璧な文章の一つも作れず息を引き取った。彼が目を閉じると、この世は言いようのない静けさに包まれた。少なくとも私はそう感じた。同時に私の中に巨大な懐かしさというか、ある欲求が湧き上がってきたのだが、それは私が生まれた場所に行ってみたいという思いだった。

いつだったか、寒すぎて神ですら生きられない惑星についての物語を聞いたことがある。その星の周辺では最後の言語の夢と悲鳴がこだまして、幾層もの帯を築いているそうだ。ある部族の言語を絵の具みたいに溶いて紙に載せたような魂の模様が、色とりどりの輪の上に刻まれているると。私たちは死んだらその中の黄色い塵や氷の欠片《かけら》になるそうだ。自分がそういう美しくて冷たいものになると思うと妙な気分になったが、ここを去った後もどこかで変わらず存在できるというのは悪くなかった。だが今日、私の話者のもとを去ったことで、ある重要な事実を知るに至った。その噂は間違いだった。私たちの終着地は神の息も凍りつくほど寒い惑星ではなかった。死後の私たちがもう一度死ぬことになる場所は彼方に見える来世でも宇宙でもない、地上の工場だった。

あそこにいくつかの巨大な霊が風に乗ってどこかへと流れていくのが見える。いや、流れているのではなく吸われていると言うべきか。流れ流れて、ある巨大な金属管の中へ一瞬のうちに吸いこまれ、渦を巻きながら消える。私は精一杯、反対方向に体を捻《ひね》る。だが磁石のように私をぐいぐい引きずりこむ力を避けることはできない。私は下方に見える風景に圧倒されてしまう。この区域を取り囲んでいる低い丘陵の向こうに、果てしなく放射状に広がる道路を発見したからだ。道路上には同じ大きさと形をした工場がぎっしり建ち並んでいるのが見える。ところが意外なことに、その中心に少数言語博物館があるのだ。普段は塀の役割をしている丘が博物館の周囲を丸く取り囲んでいるのだが、その向こう側にはまさに壮観と言えるほどの工場、また工場しか見えない。

私は誰なのだろう。そしてどうなるのだろう。

私は木に描かれ、石に刻まれて生まれた。私の最初の名前は「誤解」だった。だが人びとは必要性に応じて私を徐々に「理解」へと作り変えていった。私は私の名前だったり、名前の一部だったかもしれないその単語を愛した。複雑な文法の中にこめられた単純な愛情、単数にして複数、始原にして終焉、ほぼすべてでありながらどうということのない歌。一日限りの命として生まれ、しばし前世を俯瞰する言葉。私の体は徐々に膨れ、名前もまた長くなり、途方もない時間が流れると、誰も一度では呼び終えることのできない何かになった。だが今、私はこの世界を回す動力、役に立つ死、ただそれだけの存在のまま消滅していく。あの巨大な金属管の中に向かいながら、少数言語博物館の自慢である中央の噴水を思い返す。ガラス球の中でありとあらゆる形態の活字が自由気ままに漂う、地球儀の形をした特別な造形物を。活字は明るい照明をあてられながら、午前の間ずっとダンスでもするように透明に飛び回った。そして正午になるとしばし動きを止め、花弁の形に広がる地球儀の下に向かって軽快に降り注いだ。私はその光景をいつも美しいと思っていた。だがそれは悪夢のような美しさだったのだろうか。この先も地球が見るであろうこの美しい夢は簡単に終わりそうもなく、死んでいるのにもう一度死にながらも私は、そのまばゆい情景からなかなか目を離すことができない。

※小説の後半に登場する「叙事詩を暗唱する老婆」の設定と「録音機」に関する情報は、ニコラス・エヴァンズ著『危機言語――言語の消滅でわれわれは何を失うのか』(日本語版は大西正幸、長田俊樹、森若葉訳、京都大学学術出版会)の内容を参考にした。

風景の使い道

その昔、母はよく俺に向かってどこかに立ってみろと言ったものだった。

――ジョンウ。

――うん。

――あそこに立ってごらん。

母がどこかに立ってみろと言うと、俺はぴくりともせずに呼吸を整えた。

――ジョンウ。

――うん？

――こっちを見て。

写真を撮るときはじっとしてなきゃいけないと教えてくれたのは誰だったか思い出せない。たぶんものすごく平凡な人、良いことはあっという間に過ぎ去るし、そんな日はめったに来ないし、来たとしても見逃してしまいがちだということを知っている人じゃないかと思う。つまりそういう瞬間と出会ったときはちゃんと記憶して、決まった場所にしっかり刻んでおかなきゃいけないってことを知っているぐらいに……歳を重ねた人だってことだ。実際にうちの家族にもそういう機会は何度かあった。たくさんではないけどあった。そのたびに俺たちは童謡の「楽しく踊って、そのまま止まれ」っていう歌詞のようにぴたりと正確に止まった。過去の出来事にするための万全の姿勢、万全の準備をして。そうして心の中で一、二、三と三つ数えてから写真機を見て笑った。

光が十分でない空間では時折フラッシュが焚かれる。写真機はぽん！　ぽん！　と時間にチョークで印をつけながら現在《いま》を切り取った。フラッシュの音はパラシュートが開くときの気配と似ていて、俺たち死ぬかもしれないっていう不安と同時に助かったという安堵も与えてくれた。運転手を覆うエアバッグのように、ふかふかの衝撃を与えてくれた。

——ジョンウ。

——ん？

母が「ぽん！」と閃光を走らせると、選ばれなかった残りの風景が白飛びした。俺はしょっちゅう目をつぶってしまい、たまにその蒸発がもったいなくて満面の笑みを浮かべた。パラシュートを開く紐を引っ張るみたいに口角を上げた。

昔の写真の中にいる俺はいつもぎこちなさそうに、でも当然のように、その場所に立っていた。正確には何色って呼ぶべきなのかよくわからない、一九七〇年代の色調、または楽観的な空の青を頭に戴いたまま。コダック産の明度、富士フイルム式の彩度に包まれていた。あるときは不鮮明すぎて今にも消えてなくなってしまいそうな表情を浮かべて。誰かに向かって、その誰かが願う未来に向かって、解像度の低い笑みを見せていた。そうやって写真に刻まれた無知、永遠の無知は今も胸のある箇所を刺し、揺さぶる。何かについてわからないと言っているときは大体、何を失うことになるのかわからないって言っているのと同じことだから。何かを与えると同時に奪い去っていくのは写真が常にしてきたことの一部だから。だからその昔、母がずっしりと重たい写真機を手に俺を呼んだ声、人生への期待と誇りを込めて叫んだ「ジョンウ」という声は、その奇妙で胸がじんとする感じは、その後出くわすことになる、そのときはまだなんて呼ぶべきかわかっていなかった喪失という名を、あのときから既に呼び止めている声だったのかもしれない。

光といえば、もう一つ浮かんでくる情景がある。父が焚火にでもあたるみたいにテレビのまん前に座って電磁波にさらされている姿だ。父は山間の僻村に育った。隣人に会うにはかなりの距離を歩かねばならず、日が暮れると横にいる人の手も見えないぐらい真っ暗だった村で。雪が降ると、あーんと口を開けて冬を味わい、雨が降ると、瞑想にふける大地がハミングする声に聞き耳を立て、たまに大人たちからお化けのご機嫌をとる方法を習ったりしながら。もう半世紀も前のことになるが、父は当時を思い出すとなんて言うか、別の時代ではなくて、別の世界からこっちの世界に移ってきたような気分になるんだと言っていた。どれも実際に経験したことなのに、自分の人生がどこかで読んだり聞いたりした物語のように感じられることがあるんだと。平日の午前中、ぼうっとテレビの前に座ってがん保険のCMを見ているときなんかは特にそんな気がするんだそうだ。歳をとると暗記力や判断力が落ちることを証明するかのように、今さっき紹介したばかりの保険会社の電話番号を一言ずつ区切りながら老優がもう一度くり返すのを聞いていると、そんなふうに感じられるんだと。そういうときはこちら側の世界にもあちら側の世の中にも慣れないし、ぎこちなくて、間違えて誰かの部屋に入ってしまったような気持ちになるんだと。俺は「そうでしょうね、父さん。癌の話はみんなを嫌な気分にさせるから」と失笑したが、口には出さなかった。代わりにマグカップを持つ父の手をぼんやりと見つめた。大学卒業を数日後に控えた日だったから十年以上も前のことだ。

その日に見た父の手は相変わらず大きくてぶ厚かった。そこには運動で長いこと鍛錬してきた人に特有の折り目正しさと厳格さが慎み深く身を潜めていた。その手で父は誰かの過ちを判定し、規則を教え、罰則を科しながら生きているはずだった。詳しいことは知らないが、母に訊いた話ではそうだった。その年齢で安定した職場を辞め、審判の仕事で生計を立てるのは容易ではなかったはずだ。だからといって再び教壇に立つこともできないだろうし。この世のどんな菌や病よりも生命力を持っているのが醜聞だから。父は井戸水でも見るように冷めたコーヒーを凝視していた。そうして今の自分にはこれ以外に握るものがないとでも言うように、マグカップから手を離さなかった。その手は不正を明らかにする手、原則を打ち立てる手、フォルトとダブルフォルトを叫ぶ手だった。同時に数年ぶりに会った息子の前でどうしていいかわからずにいる手でもあった。カフェの天井の角に設置されたスピーカーからはダンスミュージックが流れ続けていた。誰かがバケツに騒音を溜めて俺たちの頭上にぶちまけたような気分だった。しかも前の席に座っている学生はもう何十分も誰かをこきおろしているし、頭が痛くなりそうだった。あの子が？　あの教授と？　ええ、どうしたらそんなことに？　まるで他人じゃなくて自分の道徳性を傷つけられでもしたかのような表情で、驚いているようで楽しんでいた。それは俺もよく知っている楽しさだった。

父は家で用意してきたのだろう「用件以外の話題」が尽きてしまうと途方に暮れた。しばらく何も言わずにいたが、テーブルの上の携帯電話がブーッと体を震わせるとびくっとした。父はその大きな手で熱いものにでも触れるように携帯電話をくるんだ。片手で口を覆いながら「うん、会ってる。ん、ん、後で電話する」とささやいた。しばらくして俺が、もう助教室に戻らなくちゃと言うと、父はようやくテーブルの上に何かを置いた。黒地にさざ波模様の入った高級そうな箱だった。箱には万年雪の象徴である雪の華が所狭しと描かれていた。父はおめでとうと、こういうときのお決まりの台詞を並べた。そうして卒業式には行けそうもないと、まるで普段はちゃんと来ている人みたいに言った。

その後、父に会うことはなかった。五年前に結婚式場で一度会ったが、それは会ったというよりも顔を見せたと言うほうが正しかった。父は新郎の父の席にしばらく留まった。母と俺が望むやり方で、望む時間だけ留まった。母は新婦の実家にけちをつけられないためにはやむを得ないというように父と写真を撮った。そうしてプロゲーマー、プロゴルファーと言うときのプロ両親のように式が終わるまで笑みを絶やさなかった。

数日後、新婚旅行から戻ってみると実家に小包が届いていた。父からの結婚祝いだった。テレビを見て、お茶を飲んで、玄関を出るまで関心を示さずにいると、結局は妻が封を開けた。箱にはどこのメーカーの代物かわからない高麗人参エキスがぎっしり入っていた。「車に積む?」という妻の言葉に黙って首を横に振った記憶がある。父がテニスの審判を辞め、健康補助食品を売り歩いているという噂を聞いたのも同じころだった。それからもどこかのスポーツ用品店で働いていたとか、クロスの張り替えを習っていたとか。ちらほら聞こえてくる消息に触れるだけの二十年間だったが、つい最近、地元の友人に「道でお前のお父さんに会ったよ」と言われた。日雇い寄場の南九老《ナムクロ》人力市場の近くで見かけたんだが、あまりにも変わり果てた姿だったんで、危うく誰だかわからないところだったと。俺が特に返事もしないでいると、そいつはビールのグラスをいじりながら、どうも自分が見間違えたみたいだと、「道理でおかしいと思った」と話題を変えた。

「他所の家」の人になってからも「我が家」の行事の面倒をみるのは父がずっと続けてきたことの一つだった。目隠しした人が指先の感覚に頼ってものの名前を当てるように、父はプレゼントという形を借りて人生の節目を手繰り、記念しようと努めた。俺が知る限りでは本当に生活が苦しかったときですらそうだった。母と別れてから父は毎月きちんきちんと生活費を送ってきた。最初の数年は百万ウォンずつ、あるときから八十万ウォンずつ、後に五十、三十と減っていったと記憶している。でもかなり長い間、送り続けてきたということも。最後に送ってきた金額は二万数千ウォンだったか。入金が遅れるとき、父は必ず母に連絡をした。父はそういう人だった。真冬、部屋の片隅にきちんと畳まれた布団のような人。折り目正しくて、重たくて、もどかしい人。だから父がスキャンダルで学校を辞めて江南《カンナム》のテニスコートでコーチと審判をしていると聞いたとき、父にぴったりの場所だと思った。それからの父は俺が高校を卒業するときには電子辞書を、大学院に入るときはネクタイを、軍に入隊するときは腕時計を送ってきた。苦心の跡がうかがえる、でも平凡この上ない品物ばかりだった。誰もが考えつく万年筆、誰もが贈る花束、そういうもの。高麗人参エキスは俺が父からもらった最後のプレゼントだった。いつからか父の消息が途絶えがちになったのは父の関心が薄れたせいじゃなく、あの人の息子が一通りの通過儀礼を終える年齢になったからだった。あの人の人生にも、俺の人生にも、もう拍手しながら祝うイベントがないからだった。だから最近、父から数年ぶりに会おうと連絡が来たとき、俺はてっきり妻の妊娠を聞き付けたからだと思っていた。

＊

韓国は冬だがタイは夏だった。タイには一年に三つの節、木目の異なる三季があるそうだが、俺みたいな韓国人にはただの「普通の夏」と「蒸し暑い夏」「すごく暑い夏」にしか感じられなかった。観光バスの座席に座って韓国の天気とニュース、株価と為替をスマートフォンで確認した。一月。相次ぐ寒波と大雪の中でも韓国は相変わらず慌ただしそうだった。一方、車窓から見える夏はのんびりしていた。青々と、豊かに、しっとりして見えた。こうやって慣れない異国で母語の情報をのぞきこんでいると、スマートフォンじゃなくてスノードームを握っているような気分だった。球形のガラスの中では白い雪が舞い散っているのに、その外は一面の夏。騒がしくて旺盛な季節、そんな気分。妻はここまで来てインターネットかと皮肉った。膝の上には食べ終えたモンキーバナナの皮が既にいくつも溜まっていた。家にいるときと同じように俺をスマホ中毒扱いしていたが、わざわざタイに来てまで、それも家族旅行で国際ローミングサービスを利用したのには訳があった。俺には待っている電話があった。

昨年は週に三回ほど郊外へ出向いた。K市にある短大と私大の二ヵ所で講義を担当することになったからだった。そのうちのB大に開設された「文化理論セミナー」は朝の九時からだったので急がなければならなかった。家から南部ターミナルまで一時間、ターミナルからK市まで一時間半、学校の正門から講義をする教室まで十五分、往復で五時間を超える距離だった。天気の悪い日は学校の停留所で傘を差したまま学生と長い列に並んだ。あるときは自分の講義を聞く学生と同じバスに乗るのが決まり悪くて、学校の周辺をうろついてから乗ったこともあった。それでもバスの中で黙礼してくる学生がいた。満員のバスの中、並んで座ることになったりすると気まずさは倍になった。同じ距離でもソウルに戻る道のりはK市に向かうときより長く感じられた。金曜日の午後、授業を終えて帰宅するときはなおさらだった。高速道路の渋滞する区間ではしょっちゅう尿意を催した。ソウルのターミナルに到着するとまず公衆トイレに向かった。それでも尿意は簡単に収まらず、地下鉄に乗って家に帰る間に膀胱はどんどん膨れ上がった。家に着いて靴を脱ぐと、あたふたとバスルームに向かった。そうしてドアも閉めずに、後ろで妻が見ていることにも気づかずに、毎回ものすごい量を勢いよく放尿した。

母校で講義デビューし、各地へ出向くようになったころ、高速道路の周囲に広がる風景を見ながら内心穏やかではなかった。旅行で何度か利用した道だというのに。もう風景がただの風景ではなくなったときに、もう自分もその風景の一部なのだと思った瞬間に不安が生じたのだった。生粋のソウルっ子として自分がどれほど「中心」に慣れきっていたのか、恵まれた環境をどれほど当たり前だと思っていたのか、今さらながら気がついた。そしてだからこそ、自分がどんなふうに中心から遠ざかりつつあるのかがありありと見えたのだった。

日が落ちると平原にも一瞬のうちに闇が舞い降りた。地方の小都市はソウルよりも日が暮れるのが早かった。講義を終えてバスに乗りこむと全身から緊張が抜けた。同時に奇妙な興奮と覚醒も薬のように体内を駆け巡ったが、ある時期は誰にどんな難しい質問をされても答えられるような錯覚に囚われていた。道路で迎える夕闇はいつも異質に感じられた。外は真っ暗で自分が通っている場所がどこなのか、目的地まであとどれぐらいなのか見当をつけるのも難しかった。そんなときは自分がどこか遠く離れた地に来ているような気分になった。バスは都市とは違うが、都市でなくもない空間を突っ切った。売れ残りのマンションとアウトレットモール、ビニールハウスと工場、公園墓地と花園、鴨の泥包み焼きや鰻なんかを売っているスタミナ料理の店とプロバンス風のモーテルが後ろに流れていった。首都と地方をつなぐ空間は適当に仮縫いした服地のように造りが雑だった。闇の向こうには田畑がだらだらと続いていた。それがソウル料金所の辺りになるとこれまでの風景が嘘みたいに、だらりと尾を垂らした自動車の列が現れた。幾つもの光が真っ赤に燃え上がったまま中心に向かって吸いこまれていった。

八年前にはじめて講義を担当したときの俺は新入社員みたいに浮かれていた。息苦しい図書館も脱出したことだし、社会的な活動ってものを俺もいっちょやってみるかという気分だったし、母や恋人にも面目が立ちそうだったからだ。同時代の歌やアニメを用いた新鮮なカリキュラムを組むのも面白かったし、未婚の若い講師に好意的な視線を向ける学生の態度や知的な緊張感も嫌いじゃなかった。講義そのものが持つ演劇性というか、大勢の前で「騒がなきゃ」ならない職業が与える興奮と羞恥心さえも楽しめた時期だった。大学は大学だからか春は新緑が、秋はオレンジが美しかった。子どもは子どもだからか純粋で傷つきやすく、たまにため息が出るほど傲慢だったり無知だったりした。キャンパスには性に対する偏屈さと道徳的な優越感が入り混じった雰囲気が浮遊していた。それだけでなく得体の知れない敗北感と無力感も重たい空気のように漂っていたが、休学や編入が頻繁にある場所であればあるほど、それはひどかった。じゃあ有名大学の学生ならどうかというと大差はなかった。十代ですでに密度の高い予備校の授業を経験してきている子たちは、講師が努力しても滅多なことでは感心しなかった。名優を見慣れている観客のように無関心だった。成績の管理とアルバイト、就職の準備で高校時代よりも疲れ果てていた。もちろん俺にしても新人講師だったころのような意欲と期待はだいぶ失せていた。講義を振り返って反省し、数日にわたって引きずるようなことも減り、教室で言い残した内容をベッドでつぶやいて、妻を驚かせるようなこともほとんどなかった。学生と真剣な対話を交わした後で、誠実な講師でさえいればいいものを、今日の俺はどうして「先生」にまでなろうとしたのかと後悔するのは相変わらずだったが。居眠りしたりスマートフォンをいじったりしている学生は適当に見ないふりをして、無礼な質問に驚くこともなく、関係よりも実務に気を遣う人間になった。プロ野球選手、プロゴルファーと言うときのプロ講師に近づいたというか。そんな俺に最近、プロ講師じゃなくて別の椅子に座るチャンスが巡ってきた。

クァク教授にはじめて会ったのは一年前の春だった。学校の前の停留所でバスを待っていたら、向こうから似た人が歩いてくるのが見えた。当時の彼はB大にできたばかりの文化コンテンツ学科の学科長だった。コメンテーターとしてテレビに出演しているのを何度か見たことがあった。でも俺のことを知っているかは疑問だった。挨拶するかすこし迷ったが、向こうから親しげに声をかけてきた。

——イ・ジョンウ先生ですね?

俺は中途半端に黙礼した。クァク教授の後ろには数人の学生が見えた。昼から飲んだのか顔が赤かった。クァク教授が握手を求めながら「チェ先生から話はたくさん聞いているよ」と、俺の恩師の近況を尋ねた。そうしてバスの時刻表をちらっと見てから、「家はどこなんだい」

と訊いてきた。ソウルですと答えると、ソウルのどこだと尋ね、自分の家は瑞草《ソチョ》［ソウル市南部の副都心。富裕層が住む地区として有名］だが、よかったら南部ターミナルまで自分の車に乗っていかないかと誘った。

クァク教授がエンジンをかける間、俺は膝を閉じたまま黙って助手席に座っていた。

――それは？

俺の足元に置かれたビタミンドリンクの箱を見て尋ねた。

――学生から？

――あ、はい。

シートベルトをしながら「お酒を飲まれたようですが大丈夫ですか」と訊いた。クァク教授は軽く一杯だけだから心配するなと答えた。この道は目をつぶっていても運転できると。実はさっきも二次会に行こうとしたのだが、最近は教授より学生のほうが忙しいようで、長いこと引き留めると内心では嫌がっている素振りが見えるからねと残念がった。表には出さなかったがクァク教授の車に同乗できたのがうれしかった。実はその日もクァク教授の研究室に立ち寄ったのだが、ドアに鍵がかかっているのを見て引き返してきたところだった。

――それでも、人の話はしっかり聞く年齢にはなったようだ。

――はい？

――あの子たちのことさ。相手が先生だから聞くふりをしてるだけだとしても。同じふりでも私とは大違いだ。酒の席での教授陣のおしゃべりなんて私は身を入れて聞きもしませんよ。ふん、あれは退屈な話だ。ふん、あれは拾い上げてもいいな。そうやって選《よ》り分けながら聞いてる。でも、あの子たちは違う。同じ退屈な話を聞くんでも真剣にうんざりして、真剣に抵抗するんだな。

あんまり黙っているのも失礼かと思い、消極的な相槌を打った。

——そうでしょうね。

——でしょう？　それが若さなんだろうな。大人がなんだっていうんだ。好きでもない人間ともうまくやっていくのが大人。そうでしょう、イ先生？

こういうときはなんて言うべきなのだろう。同意すれば偽善者みたいだし、否定すればもったいぶっているように見えるだろうし……葛藤しているとクァク教授が話を続けた。

——好き嫌いじゃなくて義務だろう。割り振られた役をやり遂げると思えばいいのさ。人を測る物差しが一つしかないやつらはどうしようもない。疲れるね。

どういう脈絡の話なのか正確に理解できていなかったが、さっきの続きだろうと思って口をはさんだ。

——まだ若いからだと思います。

——いや、教授たちのことだよ。

クァク教授は段階を踏まずに会話する人だった。良く言えば直感的、悪く言えば自分勝手。相手の顔色をうかがわなくても損することのない環境で生きてきたか、反対に何かを失うと復讐するかのように騒ぎ立てる性格のどちらかのようだった。それもただ口数の多さで騒ぎ立てるやり方ではなく、リラックスした状態で強い手を打ちこんでくる選手みたいだった。クァク教授は理工系の教授とも親しくしている、あっちは人間関係のもつれが少ないからいいと言った。あちらも本は読んでいるようだが、恨《ルサンチマン》みがなくて平和だと。俺はそれも一種の錯視じゃないかと思ったが、口にはしなかった。話題は自然に文科系のほうへと移った。クァク教授は俺も知っている数人についてのゴシップと印象を並べ立てたが、ある学者の名前が出ると興奮しはじめた。「私はあいつの本性を知ってるが」と切り出すと、その学者がどれだけお粗末で権力志向の強い人間かを説明した。だからイ先生も、今後は「睨みつけるふりをしながら生唾を呑みこんでいる」人間には気をつけろと。

――さも公平に、優雅に批判しているが、実は……。

クァク教授が冷酷な口調でひとり言のようにつぶやいた。

――身震いするほど羨ましがっているのさ。

クァク教授の運転は巧みだった。自動車がいいのか、生まれつき運転がうまいのかはわからなかった。なるほど確かにソウルまで目をつぶってでも行けそうなスキルだった。彼はいつもどうやって大学まで来ているのと尋ねた。

——以前は車を持っていたんですが、講義が途切れたときに処分しました。

クァク教授は特に驚いたようすもなく、「じゃあ、そのときはどうやって生活してたの」と訊いた。俺は「どうにかやりくりしていました」と答えた。そしてクァク教授の特に驚いたようすもないのをありがたく思った。どんな話題だろうと相手の本音や対価は求めない、あっさりしていて老練な態度だった。俺は窓の外に広がる田畑に目を移した。まだ初春の野山には緑の気配があまり感じられなかった。学校を抜けていくらも経たないうちに渋滞にはまると、クァク教授はハンドルを指でトントンと軽く叩きながら「道端に金を捨てるのはうんざりだ」と言った。そしてもどかしくて不愉快そうな気配を見せたが、「こういうときに使う道がある」とハンドルを切った。

——これで少しは運転してるって気分になったな。

クァク教授がアクセルを踏みながら、さっきよりもゆったりした口調で言った。最初のうちに言いたいことをある程度吐き出してしまった者の余裕らしかった。二人の間に気だるい静寂が流れた。出発してはじめて訪れた静けさだった。クァク教授は小さく鼻歌を歌いながらオーディオの音量を上げた。高性能のスピーカーから一九四〇年代のスウィング・ジャズが流れてきた。俺も好んで聴く曲だった。クァク教授が曲に合わせてかすかに頭を振った。車窓には建設途中のまま放置されたマンションや、荒涼とした野原に首の長い恐竜の化石みたくめりこんだ大型クレーンが見えた。都心に出荷される赤い果物が実ったビニールハウス群と、中世ヨーロッパの城を模したラブホテルも目を引いた。乗り心地のいい車内で新しい革のにおいをかぎながらジャズを聴いていると、なんとなく車窓の退屈な風景も我慢するだけの価値のある、人生の背景みたいに感じられてきた。クァク教授にとっては慣れきった人生の感覚なのだろうか。それはともかく人物評が口ぐせになっているこの人は、他の場所で俺のことをなんて言うんだろうか。クァク教授は科の雰囲気はどうか、学生の態度や反応は悪くないか尋ねた。

——それでもうちの科の子たちは素直でしょう?

——はい、もちろんです。

——そう、素直でしょ。先生たちもそうだし。

クァク教授が奇妙な笑みを浮かべながら俺に加算点を与えるように言った。

——それはともかくイ先生は、ここは空気がおいしいですね、って言わないからいいね。

それからどれぐらい経っただろうか。クァク教授が急ブレーキをかけた。その瞬間、体勢が前のめりになった。全身が前後に揺さぶられた。クァク教授はハンドルを握ったまま凍りついていた。何かを轢《ひ》いたようだが、それが何かわからなくて混乱と衝撃に陥っていた。辛うじて気を取り直したクァク教授が動物に近い感覚から最初にやったのは、ダッシュボードからのど飴を取り出すことだった。ばりばりと飴を噛み砕く音を聞いた俺はようやく、もしかすると「軽く一杯だけ」じゃなかったのかもと思い至った。

道路に女の子が倒れていた。ショックを受けたらしく力がなかった。同時に落ち着いているようにも見えたのだが、「まず病院に行こう」という言葉に対して、「その前にお母さんに電話したい」と意思を述べた。制服の下の膝に血が滲んでいたが、幸いなことに大きな怪我はなさそうだった。クァク教授の顔にかすかな安堵がよぎった。女の子が母親と電話している間、クァク教授が路肩のほうへと俺を呼んだ。そうして「どうしようか、まったくなんてことだ」とぐずぐず言っていた。春とはいえ、風がかなり冷たかった。でっかい貨物車が横を通り過ぎるたびに風塵《ふうじん》と騒音が起こった。数人の運転手が路肩の風景に興味を示し、窓から顔を突き出して俺たちを見た。その視線のせいで落ち着かないのか、クァク教授は道路に背を向けたまま俺を見つめた。そうしてこんなことははじめてだし、もうすぐ昇格試験があるのに困ったことになったとためらいながら切り出した。

――イ先生、今日のこれ……。

――はい。

――この事故、いや、この車だけど。

――……。

――イ先生が運転していたことにできないだろうか？

＊

――さあ、もうすぐサンゴ礁の島に着きます。皆さん、海はお好きでしょう？

ガイドがマイクを握ると馴れ馴れしい口調で続けた。

――ところで旅行をしていると、悲観的なキャラクターの方が必ず一人はいらっしゃいます。移動するたびに、はぁ、自分は残る、酒は嫌いだ、食べるのがそもそも好きじゃない、混雑が嫌い、暑い、値段が高い、やらないっておっしゃるんですが。

バスのあちこちから小さな笑い声が起こった。

――でも、いつまたいらっしゃる機会があると思いますか。サンゴ礁の島に着いたらじっとしてないで、どうか海水でもいいから舐めてみてください。そういうのが後々も残るものなんですよ。

――母さん。

――うん？

――あそこに立ってごらん。

母がカメラを凝視しながら体を四十五度ほど傾けた。風景を背景にしたことのない世代のぎこちなさだった。

——母さん。

——ん？

——こっちを見て。

母の背後に垂れこめる雲が見えた。灰色の雲の間に数百にもなる色とりどりのパラシュートが浮かぶようすは美しく神秘的だった。曇っているからか、パラシュートは悲観に浸るクラゲの一群のように見えた。すでに向こうではグループで来ている女性陣が服を脱いで海に飛びこんでいた。鮮やかな水着と対照的に、皮膚に浮き出た下肢静脈瘤に目が行った。両ひざに四角い湿布を貼ってきた女性などは、なんとビキニ姿だった。長いことソウルの永登浦《ヨンドゥンポ》市場で一緒に商売をしてきたが、この機会に遊びに来たのだという女性陣が互いに水をかけ合いながらきゃっきゃっと叫ぶと、母が羨ましそうな眼差しを向けた。目ざとい妻が浮き輪に母を乗せるとあちこち動き回った。ようやく母も子どものような明るい笑顔を見せた。俺は浅瀬で足だけ浸したまま、二人の姿を事あるごとにカメラに収めた。その一方で鞄に置いてきた携帯電話がずっと気になっていたのだが、もし今この間に大学から連絡が来たらどうしようかと思ったからだった。撮った写真を確かめるふりをしながら海岸に視線を向けた。遠くパラソルの下でサングラスをかけたガイドが、荷物番をしながらご機嫌なようすで炭酸飲料を飲み干す姿が見えた。

数年前から海外旅行のために貯金をしてきた。月に二十万ウォンずつ、丸二年かけて貯めた。母は昨年の十月に還暦を迎えた。休講にするのは気がひけたので、お祝いの旅行は今年の一月に延期することにした。だから母としては数え年の六十一歳じゃなくて、六十二歳になってから還暦を祝うことになったわけだ。出国した日の深夜零時過ぎにバンコクへ到着した。空港ターミナル周辺の煤と湿度を突き抜けて観光バスに乗りこむと、俺たちと同じツアーを選んだ人がすでに座っていた。永登浦から契《ケ》〔金銭の融通を目的とする民間の互助組織。日本の頼母子講にあたる〕の積み立てで遊びにきた女性の一団と、子どもたちとお揃いのサンダルを履いた中年夫婦、誰も質問していないのに結婚するつもりだと告白してきた若いカップル、この三組だった。母は初日から事あるごとに、うちの息子は教授だと自慢した。俺がいくら手を振って違うと言っても「似たようなもんだ」と譲らなかった。

ツアーの中で俺たちが選んだのは三泊五日の商品だった。決められたレストランで飯を食い、指定された乗り物に乗り、特に必要もない品物を買い、少々の不満と疲労が蓄積するころにタイ古式マッサージの施術を受け、三食のうち一回ぐらいは韓国料理が出てくる、判で押したようなスケジュールだった。日常の上に偽物のクリスタルみたいに打ちつけられた非日常と出会い、うれしそうに手を振り、金を使って別れる。それでもよかった。これは俺たち夫婦じゃなくて母のための旅行だったから。幸い母は疲れたようすも見せず、ガイドの歩くスピードについて行った。もちろん誰かをこきおろしたり、絶えず不平を言ったりするくせは相変わらずだった。たまに聞いている俺のほうが決まり悪くなるほどだった。以前の母は自分の旦那がいかにつまらない人間か、とにかくできるだけ大勢の人間に暴露しようと躍起になっていた。だから俺の目に一時期の母は、すべての人間が父を嫌うように仕向けてから自分一人で愛そうとしている人のように映っていた。父と別れてからは非難の対象を周囲の人間に変えた。あの女はどうしてあんな頭をしてるんだ、あのおっさんはどうしてあんな食べ方をするんだい、子どもにあんな服着せるなんてどうかしてる。他人の些細な欠点をあげつらうことで自尊心を保とうとしていた。そんな母が丁寧なタイ古式マッサージを二時間近く受けると、雨上がりのように晴れやかな表情で「こんなに長いこと誰かが私の体を触ってくれたのはいつ以来だろう」、「マッサージしてくれた女の子があんまりスキンシップしてくるから情が移るところだったよ」と言ったときは、タイに来てよかったとはじめて思った。

旅行のスケジュールは概ね満足できる内容だった。今日はサンゴ礁の島の見学を終え、夕方に野外バーでムエタイと蛇のショーを見る予定だった。ホテルに戻るバスの中、母は水遊び後の気だるさに勝てずうとうとしていた。ガイドは職業意識の高さを見せるように、観光客の退屈しのぎになればとクイズを出した。

――皆さん、タイの人が韓国に行くと必ず食べるものがありますが、なんだと思いますか。正解した方にプレゼントを差し上げます。

大学から連絡が来ていないかと携帯電話をチェックした。不在着信が三回、メールが一通来ていた。それを見た瞬間は胸がどきっとしたが、発信者を見てがっくりした。もう何回目かわからなかった。妻が俺のほうに体を傾けながら言った。

――誰から?

――親父。

――プルコギ!

――また?

――ハズレです。

――まだ決めてなかったの?

――うん。

――そういうのって、早く連絡して差し上げるべきなんじゃない?

――サムギョプサル!

――うん。

――イエスかノーぐらいは、メールして差し上げたら?

——ハズレです。

——ようすを見てから。

——キムチチゲ！

——学校からは、まだ連絡ないの？

——あ、惜しいですね。

——学校のホームページでも見てみたら？

——もう見たよ。

携帯電話に視線を戻しながら父が送ってきたメールをもう一度読んでみた。ジョンウ、時間のあるときに連絡を頼む。ジョンウ、このメールを見たら電話をくれ。ジョンウ、忙しいのか。ごくたまにしか来なかったメールが最近では一日に一通を超える。他に待っている電話があるせいで、携帯電話のバイブが振動するたびに俺はびくっと驚いていた。複雑な心境で窓の外に目を向けると、「正解はサムゲタン」と叫ぶ声が聞こえてきた。

＊

昨年の秋、B大での講義が一つ増えた。でもそれは「あのこと」とは無関係だと俺は信じていた。昇格試験を終えてクァク教授は無事に教授になり、俺もまた以前と変わらない生活を続けていた。あの事故による特別な変化はなかった。運転免許の点数は減点されたが、どうせ俺には車がないし、保険料もクァク教授が支払った。その後、B大での授業後にクァク教授と二、三度食事をした。クァク教授は俺の杯に酒を注ぎながら「君には世話になったな」と、くり返した。妻は時折ベッドの上で不吉な予感がするとでも言うように尋ねた。

――ねえ、あの子だけど。

――誰？

――あの、車に轢かれたけど、なんともなかったって子。

――あの子がどうした？

――ほんとに、どこもなんともなかったって？

――ああ。

――でもさ、あとで問題になったらどうするの？　交通事故の後遺症って、一年とか二年後に出たりもするっていうじゃない。そしたら私たち、ほんとに……。

――いや、そんなことにはならないから。

講義を終えた帰り道、時々バスの窓にうっすら映る自分の顔を眺めた。そういうとき「過去」は通り過ぎて消え去るものじゃなくて、積もり積もって漏れ出すものなのだと思った。これまで自分を通り過ぎていった人、自分が経験した時間、押し殺した感情などが現在の自分の眼差しに関わり、印象に加わっているのだという気持ちになった。それは決して消えることなく表情という姿で、雰囲気という形で残り続け、内臓の奥底から空気のように漏れ出してくる。事件後のどうにも整理のつかない感情を、納得のいかないまま要約してみると特にそうだった。あの件の後、俺は自分の印象が微妙に変わったことを知っていた。そういうとき、本当に俺は自分の過去を「食べた」のだなという気持ちになった。その消化は、配置は、今もまだ進行中だった。

新学期になってすぐ、B大の文化コンテンツ学科で教授を任用するという告知があった。その日の授業を終えるとクァク教授の部屋に寄った。手ぶらで行くのもどうかと思い、高級ブランドの高麗人参エキス一箱を買い入れてからドアをノックした。

――あの、これ。

――いやいや、こんなものを買ってくるなんて。まあ、せっかくだから受け取るがね。ほんとのことを言うと、私は体に熱がこもる体質なんで高麗人参は合わないんだ。

クァク教授は中国出張で買ってきたという高級なプーアル茶を出してくれた。そうしてオーディオと万年筆の世界に劣らず、茶の世界もどんなに奥が深いか説明しながら俺の反応を待った。

――あ、ほんとにおいしいですね。

平凡に、同時にわざとらしくなく見えるように、努めて低い声で答えた。

——この程度は大したことないよ。

クァク教授は湯呑をゆっくりと口に運んだ。

——本物、本当にいいもの。でも、ほとんどの人間が永遠に知らないままのもの。そういうものがこの世のどこかに厳然と存在してると考えると、びっくりしませんか、イ先生?

——そうですね。

本物、本当にいいものが何かも知らないくせに、俺はそう答えた。漠然と自分の好きな音楽、映画、酒なんかを思い浮かべながら、少なくともその近くまでは来たんじゃないかと見当をつけた。クァク教授は俺の恩師の近況にはじまり、あれこれと質問してきた。そのうちに話の流れで任用の話題になり、クァク教授は怪訝な顔つきでしばらく俺を見つめていたが、快活に笑いながら「緊張しているようだが、楽な気持ちで準備しなさい」と言った。照れくさくなった俺はわざと湯呑を両手で包んだ。片手にすっぽり収まる茶器の温もりが心地よかった。ゆっくりと茶を飲み干しながらクァク教授の部屋を見回した。古墳の壁石みたいに俺の周囲をぐるりと囲んでいる本が素晴らしいからか、お茶が甘いからか、不思議なことにずっとこの部屋から出たくない気分だった。

父と会ったのはタイに来る数日前だった。念入りに任用の願書を準備し、模擬授業まで終え、面接の結果を待っているときだった。父は会って相談したいことがあると言った。五年前に結婚式場で会って以来だった。なんとなく嫌な予感がしたが、「まさかそこまでの人間ではないだろう」と思い、会う日を決めた。無理して行かなくてもよかったが、もしかするとようやく俺に謝る気になったのかもしれないという期待が少しあった。今さら弁明されても受け入れる気は毛頭ないが、まずはなんて言うのか聞いてみたかった。もしかしたらその昔、俺に万年筆を贈り、ネクタイをプレゼントしたときと同じ気持ちで、まだ生まれてもいない自分の孫にも何か準備しようとしているのかもしれなかった。

父は以前よりも老いていた。おそらく父の目に映る俺も同じだったろう。聡明さに陰りの見える目、主観と偏見の積もった口元、経験に頼ると同時に体験に囚われた人相を見たはずだ。父が俺に会おうと言ったのは金の無心だった。まさかと思ったが、果たしてそうだった。それも正確にいくら必要とは言わずに「お前が出せるだけ……」とはっきりしなかった。そのくせ金をどこに使うのかは言おうとしなかった。出せるだけ？　最近の講師の時給がいくらか知ってて言っているのだろうか。その厚かましさに呆れて、そのためらうようすに息が詰まりそうで、俺のほうから口を開いた。できるだけ早く話を切り上げて席を立ちたかったからだ。

——具合でも悪いんですか？

父がゆっくりとうなずいた。そうか。そうだろうな。くれとはさすがに言えないから貸してくれってことなんだな。生きてる間に返せるんだろうか。憐憫の代わりに苛立ちがこみ上げてきた。それで俺らしくもなく、いま考えてもあまりに無礼で下品な言葉を吐いてしまった。

——なんですか、癌にでもなったんですか？

父が再び首を縦に振った。俺は思わず苦笑いした。

「癌とはまた、完全にお決まりのパターンですね……」

父が無駄な期待を抱かないように、できる限り事務的な口調で尋ねた。

——どこの癌ですか？

父はかさかさの腫れた唇を震わせていたが、やがて口を開いた。

——いや、俺じゃなくて。あいつが。

＊

——さて、もうすぐラテックス工場に到着します。買わなくてもいいので、気楽に見学してください。特に旦那さんたち、こういうところに来ると、やたらと空を見上げながら喫煙所はどこかって質問したり、いつ終わるんだって催促されるんですが、中に入ってベッドに寝てみたり、枕も抱えてみたり色々と体験してくださいね。全然違いますから。

子どもたちとお揃いのサンダルを履いた中年男が手を挙げて尋ねた。

――工場はドルも使えますか？

ガイドが気分良く答えた。

――あら、もちろんです。北朝鮮のお金以外ならなんでも大丈夫ですよ。さあ、楽しめるところは楽しんで、なんでも経験ですからね。

バスから降りると大型コンテナの建物に入った。工場の職員は俺たちをすぐには陳列台に案内せずに、会議室みたいな小さな部屋に連れていった。そうしてさまざまな視覚に訴える資料を用いて「人生の三分の一を費やす睡眠の重要性」について説明した。一行の中から一人を前に呼ぶと、下にボールペンを置いたマットレスに寝かせ、硬くて気になる部分は一ヵ所もないという言葉を引き出した。その次はそれぞれ自由に歩き回って品物を選ぶ時間だった。永登浦の女性陣はあちこちのベッドに寝転がっては「ああ、いいわ」、「あらまあ」と大げさな声をあげた。母と妻もそれぞれマットレスを占領して天井を見ながら、星でも見ているみたいに笑っていた。旅の疲れが束の間の休息をさらに甘くさせているようだった。ちょうどいいタイミングで工場の職員が小さな紙コップのアイスコーヒーを無料で配った。妻に断って外に出た。工場の前で煙草を続けざまに二本吸ってからクァク教授に電話をかけた。面接が終わってからはじめての電話だった。頭の中であらかじめ準備した台詞を練習しながら三本目の煙草を取り出すとくわえた。呼出音が続いたが、留守番電話に切り替わるアナウンスが流れた。話がしたかったという思いと安堵が同時に訪れた。煙草を足でもみ消すと工場の入り口に向かった。そのときズボンのポケットでバイブレーションが騒々しく震動した。思わず胸が躍った。

——もしもし？

——……。

——あ、はい、そうですが。

——……。

——あ、……警備員室に預けておいてください。

妻が選んだ新生児用のラテックスの枕と、母が使うマットレスの支払いを済ませた。ジャケットの内ポケットから万年筆を取り出して配送の伝票を作成していると、再び電話が鳴った。俺の知る番号からだった。携帯電話を手に外へ出ると、妻が不安と期待を隠しきれない目で遠くから俺を見守っていた。

——あ、はい、先生。

母校のチェ先生だった。先生は俺の博士論文の指導教授で、B大にも紹介してくれた人だった。チェ先生は不在着信を見て電話した、連絡が遅くなって申し訳ないと言った。俺はご機嫌伺いも兼ねて電話しただけだったのだが、どうも気を遣っていらっしゃるようだった。話をしている間、チェ先生はどういうわけか俺を慰める言葉を何度もかけてきた。そのうちに俺の反応をおかしいと思ったのか、「まだ知らなかったのか」と問い、「またチャンスはあるだろうから落胆するな」と言った。その声には当惑の色がありありと見えた。なんとか気持ちを整理して感謝の言葉を述べ、電話を切ろうとしたときに先生が用心深く尋ねた。

――ところで君、あの人の不興を買うようなことでもあったのか？

――不興を？

――いや、二人の間に問題でもあるのかと思って。

――いえ、そんなものは。

――うちのキム教授が副査として参加したんだが。クァク教授が君の任用に強く反対したらしい。誰にも言うなと私にだけ教えてくれたんだ。

＊

――母さん、あそこに立ってごらん。……母さん、こっちを見て。

搭乗前の空港で最後に母の写真を撮った。窓の外、滑走路の光が美しかった。母が俺を見て微笑んだ。眉間に深く刻まれた一文字のしわが、形ばかりの笑みをさらに無味乾燥なものに見せていた。スマートフォンの画面上の四角い枠がひとりでに大きくなったり小さくなったりしながら、自ら焦点を合わせていた。母の右側に格好よく伸びる飛行機の翼が写りこむように構図を決めた。息を吐いてシャッターを押そうとしたとき、ブーッという音が鳴った。メールの受信を知らせるバイブレーションだった。同時に液晶画面にもポップアップ通知が浮かび上がった。

――……。

――ジョンウ。

――ん？

――なんかあったの？

――いや。

――じゃあ、どうしてそんな顔してるの？

――なんでもないよ。

なんでもなさそうに再びスマートフォンを母に向けた。四角いフレームの中に母の顔と、まだ消えずにいるポップアップ通知が一緒に収まっていた。父からのメールだった。発信者が父なら今回も例の件だろうと思ったが一斉メールだった。一切の修飾も、催促も、表情も、感情も含まれていない訃報だった。携帯電話には故人の名前と葬儀の日時、斎場の場所が簡潔に表示されていた。

客室乗務員が税関申告書と出入国カードを配った。椅子の前に取り付けられたテーブルを下げ、ジャケットの内ポケットから万年筆を取り出した。長いこと机の奥に突っこんであったがプロの大人になり、あくまでも実用的な理由から使いはじめたものだった。講義に出るようになってから書類にサインする機会が増えた。自分にはちゃんとした筆記用具があるということを思い出し、引き出しを引っかき回して万年筆を引っ張り出した。そうして自分だけの筆記用具を持った人のほとんどがそうするように、紙にまず自分の名前を書いてみた。それから新しい通帳を作り、婚姻届に記入し、借家の契約をするたびに、この万年筆を使った。そしてクァク教授と「あのこと」を経験し、数日後に警察署で調書を作成したときも習慣のように懐から万年筆を取り出した。そして調書に署名する直前、万年筆をポケットにしまった俺は机にあった安ボールペンで自分の名前を書いた。

父に会った日、つまり俺に金の無心をするために父が家の前まで訪ねてきた日、父に一本の電話がかかってきた。父は腕を伸ばして誰からの電話か確かめた。そのときの俺は、父がそんなふうに見ることが少しショックだったのだが、それはずいぶん前に俺たちのもとを、しかも女のせいで去った若かったはずの父が、老眼だと気づいたからだった。父は眉間にしわを寄せて電話番号を判読しようと苦労していた。だから俺が待ち受け画面の写真をじっと見つめていることに気がつかなかった。写真の二人は登山服姿だった。父とその女は頰を寄せ合ってカメラを見ていた。二人の後ろには空が開け、四方には色とりどりに染まった山の峰が連なっているのが見えた。

「二人で頂上に登ったのか……」

焦燥なのか嫉妬なのかわからない感情が起こった。

「登山とはまた、完全にお決まりのパターンですね」

俺は苦笑した。そのくせ秋の風景に抱かれた二人の顔から目が離せなかった。なんとなくこの二人が良いことはあっという間に過ぎ去るし、そんな日はめったに来ないし、来たとしても見逃してしまいがちだということを知っている人たちのようだったから。


携帯電話の中の訃報を思い出しながら、ふとスノードームの中の冬を思った。球形のガラスの中では白い雪が舞い散っているのに、その外は一面の夏であろう誰かの時差を想像した。遠ざかる異国の灯りが窓の外にうっすら見えた。飛行機の窓ガラスに映る自分の顔をぼんやり見つめていたが、アイマスクをして椅子を後ろに倒した。韓国に戻る六時間の間、ひとまずは何も考えまいと決めていた。眠ろうとゆっくり呼吸していると、内側から気体とも液体ともつかない何かが熱くこみ上げてきた。唾と一緒に落ち着いてそれを飲み下した。そうして「俺はタダでもらえると思ったことはない」と心の中でつぶやいた。わんわん響く飛行機の騒音の間から、誰かが俺に向かって「ダブルフォルト」と叫ぶ声が聞こえてきた。

覆い隠す手

シンク台の前の窓を開けて外を見る。海面が昨日より少し上がっている。午前中はずっと雨だった。雨が降ると十字架も濡れる。午後に市場で買ってきたクロソイ二匹をまな板に移す。包丁を握った手に力をこめると魚の骨と筋肉、身のつぶれる感触が体全体に広がる。手のひらの震えが不確かな円を描きながら体の一番遠いところまで広がっていく。まだ半分ほど生きている食材に触れると、いつも心がもやもやする。禁忌であるにもかかわらず、長きにわたって破り続けてきた禁忌を破壊する、死者を殺す、どうでもいいような悦楽と嫌悪が湧き上がる。

鱗と内臓を取り除いたクロソイを両手鍋の底に敷く。そこに長ねぎと生姜、清酒を入れてぐらぐらと沸かした。火の通った身をほぐして別に取り分け、骨と頭だけを再び茹でる。先にわかめスープ［誕生日を迎えた人や産婦が食べる習慣がある］に使う出汁をとらなきゃいけない。骨のスープ。私も子どものころは骨を煮出して作った料理を食べて育った。雷魚やどじょうのような生き物は丸ごと煮こんだこともあった。母が海に面した江陵《カンスン》の出身なので、我が家では誕生日のわかめスープもばら肉の代わりにクロソイを入れていた。実家を出て久しく忘れていたが、今では私もそうしている。特に自分と子どもの誕生日にはそうしている。

両手鍋から蒸気が勢いよく上がってくると、食材が互いにぶつかり合いながら体を裏返す。長ねぎの茎の間から口を半分ほど開けたクロソイの頭が見える。半透明だった眼玉は完全に火が通って白くなった。お玉で異物や灰汁《あく》を取りながら子どもに思いをはせる。別の存在になる可能性もあったけど、私の子どもに生まれてきた子。別の場所じゃなくて、ここにやってきたジェイ。子どものころは離乳食をどうやって飲みこむのかも、ストローでどうやって水を飲むのかもわからなくて、一つひとつ教えてあげていたのに。最近は食卓で箸やスプーンを使いこなす姿を見ていると、かなり太くてごつごつしてきた関節に改めて驚く。

ガスを弱火にして出汁がとれるのを待つ。最低でも数十分はついてなきゃいけないから、袖をまくり上げてシンク台に溜まった洗い物をする。包丁と木のまな板を洗剤で洗ってから酢でもう一度洗い、ステンレスのボウルとざる、皿、スプーンも洗う。スプーンは口に直接入れるので念入りにゆすぐ。スプーンを洗うたびに素手で口の中を触っている気分になる。おそらく息子が小さいとき、指にガーゼを巻いて歯磨きしてやった記憶のせいだろう。

出産後、母乳の授乳にかなり手こずった。今も当時を思い起こすとお乳を出すために食べて、また食べていた記憶がよみがえる。産婦用のガードルを着けて両方の乳房をさらけ出したまま、ぽとりぽとりと涙を流していた自分の姿と、産後の面倒を見にきた母が一ヵ月間ひたすら作り続けたわかめスープ、家中に充満していたクロソイの生臭さも。それは自分の乳からもにおってくるようだった。乳首を伝って流れ落ちる仄白い液体は、さながら骨のスープのようだった。

しばらくの間、自分自身を生臭くて熱を持った、ぬめぬめした塊のように感じていた。名前を消された数十キログラムの栄養供給パックになった気分だった。実際、色んな人が私をそう扱った。それが激励や尊重の形をしていたとしても。映画やドラマで目にする産婦は素振りも見せなかったのに、授乳はほんとうにつらかった。胸の張りに乳腺炎、乳頭が火傷したみたいにひりひりと痛むのに、腹を空かせて泣く子どもに乳を含ませることも、授乳後に口を離させることもできず、一緒になって泣いたのも一度や二度ではなかった。しかも満一歳を迎えるころには歯が生えはじめて歯茎が痒いのか、ジェイはしきりに乳首を噛んだ。あるときなどあまりに強く噛みつかれて、思わず投げ飛ばしてしまいそうになったこともあった。

そんな苦労をしながらも、いざ卒乳させるときは子どもに申し訳なくて少し泣いた。すっきりすると同時に、ともに過ごしたある時期がついに終わりを迎えたという事実からだった。それはおそらくジェイも同じだったはずだ。慣れ親しんだものに別れを告げるのは大人でも苦手なことの一つだから。ずいぶん時間が経ってから、拒絶と喪失の経験をさせるのも子どもに愛情を注ぐのと同じぐらい大事な義務なのだと学んだ。この先、子どもが迎え入れる世の中はこことは比べ物にならないほど冷酷な場所だろうから。その冷たさに耐えるため、誰かに対して憎しみの炎を燃やす場所になるだろうことも、まだ知らないはずだから。

水で戻したわかめをぎゅっと絞り、適当な大きさに切る。温めた釜にごま油を引いてわかめを入れると四方に油が小さく跳ねた。急いで手首を返し、わかめをひっくり返す。いつも通り機械的に動く手とは反対に、心はさっきから別の場所へ飛んでいた。昼間に洋菓子店で聞いた話がずっと気にかかっていた。レジにケーキの箱を置いて財布を取り出そうとしていると、後ろから聞き慣れた話が耳に入ってきた。ケーキの箱を手に急いで店を出た。頬が脈打つほど顔が火照っていた。あの場でなんとでも反論しておくべきだったのでは。誰かが私に気づいたかもしれない。私が黙っているのは子どもにあった出来事を認めているからだと思われたらどうしようと後悔した。

近所の女性が濃い目のコーヒーを前に話していた例の動画は……私も見た。この辺で騒動になっていたし、いくつかのインターネットの新聞にも載ったから知らないわけがなかった。はじめのうちは最後まで見ることができなくて顔を背けたが、勇気を出してもう一回再生ボタンを押したのは、そこにうちの子がいたからだった。

――あれ、なんて言うんだっけ？　そういう子もいたけど……。わかった、多文化「国際結婚や国際結婚の家庭に生まれた子どもの呼称」？

――うん、私も見た。確かに目立つよね。

――お母さんじゃなくて、お父さんが東南アジアなんだって。

――そうなの？……どうしてまた？

――あの子も一味なんですって？

――コメント欄にはリーダーだってあったけど。

――ううん、あの子は目撃者だって。

――そんなの信じられるかしら。本物のボスは手を出さないって言うじゃない。

――そうよ、ああいう子たちって鬱憤が溜まってそうじゃない？

――とにかく一大事よね。

――でしょう？

――そうよ。

――……。

――人が死んでるんだから。

――……。

――……。

――そうよ。

かすかに焦げくさいにおいが漂う。しゃもじで釜の中を急いでかき混ぜながら気を引き締める。わかめの端がちらりと顔をのぞかせる。横にある両手鍋から骨のスープをお椀に一杯分ほどすくって釜に注ぐ。じゅーっという音とともに薄緑色に染まった油がふつふつと浮かび上がる。女たちが話していたその「噂」については……私も子どもに尋ねたことがあった。何度かためらい、ようやく切り出した質問だった。ジェイは心底やるせないといった表情で私を見つめていたが、どうしてお母さんまでそんなことが言えるのかというように沈鬱な声で答えた。

――お母さん、違うってば。

今回は絶対にミスできない試験に挑む選手のように、子どものようすを慎重にうかがった。

――……。

嘘をついている顔には見えなかった。

――そうよね？

――うん、違うってば。あの子たちのことだって知らないし。

その瞬間どれだけ安心したのか、思わず涙が出そうになった。これまで一人で苦しんできた子どもを抱きしめながら謝罪の言葉でもかけてやりたい心境だった。
——そうよね、そうだろうと思ってた。

冷凍庫からにんにくを取り出した。すりおろしたものをジップロックに入れて格子型に薄く凍らせておいたものだ。そのうちの一つを切り分けながら時計を見る。午後六時を過ぎたところだ。子どもが塾から帰ってくるまで一時間ほどある。プルコギは昨日のうちに仕込んでおいたから時間を見計らって米を炊飯器にセットし、太刀魚を焼けばよかった。あ、それからケーキもあるんだった。シンク台の調味料入れから天日塩を取ってスープに味つけする。スプーンを置くと、しばらくガスコンロの炎を見つめた。太古の人びとも夕方には火を起こしたのだろう。寒かったり、空腹だったり、誰かに助けを求めたいとき。今はそのどんなときにあたるんだろう？　ぐつぐつとスープが沸き立つ音が安らかに家の中を満たす。今日はジェイの十五回目の誕生日だ。

＊

卒乳後のジェイがはじめて口にした食べ物は白い粥だった。満一歳を迎えるころになると、約束でもしていたみたいに白くて小さい新芽のような歯が生えた。人間が持っている中で、一つだけ体の外に出ている骨だった。ジェイは離乳食にすぐ慣れた。言葉を学ぶように、生まれてはじめて接した味に一つひとつなじんでいった。考えと判断を宿した顔で、もぐもぐと顎の筋肉を動かしながら。考えの網を編んで、感覚のあや取りをつないでいった。あるときは自分ひとりの力で完成させた美しいレースを広げてみせるように、私の顔を見ながら誇らしげな表情を浮かべたりした。そのたびに「私のジェイ、すっかり人間らしくなったわね！」とからかうように褒めそやした。口ではそう言いながら、動物を触るときみたいに手のひらに力をこめてごしごしと撫でた。

ジェイはすくすく成長した。むっちりしたり、ほっそりしたりをくり返しながら。育ててくれる人を喜ばせようと、たまに気前よく笑ってみせることも忘れなかった。風邪でも引こうものなら子どもらしからぬシャープなラインが顎にできて、ものすごくピュアそうに見えることもあったのに、今や化膿性にきびに、耳の穴まで脂ぎる年頃になった。ジェイが学校に行っている間に部屋を掃除すると、枕に落ちた髪の毛やまつ毛でジェイが止まることなく成長しているのを実感した。有名な脱獄映画の主人公が監房の壁を少しずつ掘り出し、その土をポケットに隠してこっそり捨てていたように、ジェイも自らの一部を絶えず捨てながら大きくなっているのだなと。ジェイに感謝していた。私は自分で選んだ人生だし、さしたる後悔もしたことがないけれど、ジェイが触れた空気はそうじゃなかったはずだから。はじめて会った瞬間から私はずっと大人で、ジェイはそうじゃなかったから。ジェイが保育園の前で長靴を脱ぎながらため息をついていた日が思い出される。「ちびのくせに、ため息なんて」とたしなめると、「子どもって本来、疲れるものなんだよ」と口答えしていた姿が。「子ども」がまるで職業みたいに、荒仕事みたいに言うから呆れたんだった。いま考えてみるとジェイの言葉は正しかったんだと思う。無知や知識のために支払った代償がどの時期も大きかったところを見ると。

ジェイもジェイがジェイだからという理由で支払うことになった費用があるのだろう。私が知っているだけでもいくつか数えられるぐらいだから、知らないものはその何倍にもなるのだろう。小学校三年生のときにジェイは教会の聖歌隊に入った。生きていくのに精一杯で、イベントの招待状をもらっても期待より義務感のほうが先に立ったが、いざ舞台に立った子どもと向き合うと胸がじんとした。萎縮した表情で同じ年頃の子どもたちに交じる姿を見ていると、あの子があの小さな体で、もう「社会生活」を頑張っているんだと思ったからだった。クリスマスなので教会の中にはたくさんの光があった。照度の低い天井の照明と偽物のもみの木に巻きつけた小さな電飾、聖歌隊の手に握られた燭台、いくつもの小さな光の塊が火の玉みたいに暗闇を漂っていた。私はその敬虔で森閑とした雰囲気に酔い痴れた。まもなくして子どもたちが歌った。まだ味の経験をあまりしていない、死んだ動物を大人ほどたくさん食べたことのない、しっとりとした穢れのない舌で。ある音は極細の放物線を宙に描いてから生を終え、誰かの単独飛行を追っていたある音はともに仲良く落下していき、皆がいま消滅したばかりの音の行方を気にすると、まるでその消滅を慰めるようにいくつもの音がランタンみたいに浮かび上がった。そして、その音と音の間をつなぐ美しい橋のようなジェイの独唱。ジェイの声はほんの少しの衝撃でも粉々に砕け散る豆電球のように細く澄んでいた。高音を出す箇所では声帯の中のフィラメントが黄色い光を発しながら細かく震えているようだった。親も子どもに畏敬の念を抱くことがあるんだな……。一体、お前の中の何が今のお前を形作っているのだろう。その中には私が与えたものも含まれているのだろうか。私が与えたものでもなく、お前が生まれつき持っていたものでもないのなら、それはどこからやってきたんだろう？　呆然と拍手した記憶がある。あの日のお前がどんなに苦労して歌い終えたのか何一つ知らないまま。私の目に教会はどんなときも安全な場所のように映ったから。無宗教の私がわざわざ我が子を教会に送ったのもそういう理由からだった。だから稼ぐのに忙しくてジェイと一緒にいられないとき、私の代わりに子どもの傍らにいてくれることを願ったのかもしれない。それが私とは一面識もない神だとしても。

数日後、ジェイはもう歌とかはあんまりやりたくないと言ってきた。友だちが「やっぱり、お前はちょっと特別なんだな」と言うのが嫌なんだと。

——なんで？　褒めてるんじゃないの。

ジェイの口元にふてくされたような表情が浮かんだ。
――お母さんは韓国人だからわかんないよ。
私はびっくりして答えた。
――お前も韓国人よ。

＊

水道の蛇口をひねるとステンレスのボウルに水しぶきが上がる。卵を握るように指を広げ、ゆっくりと手首を回転させる。穀物の粒が指のすき間を時間みたいにすり抜けていく。研ぎ汁を二、三回流し、鉄釜に米をセットする。普段は電気炊飯器を使っているが、今日は特別な日だから。米ともち米を二対一の比率で混ぜる。このぐらいなら二人の二食分になる。ジェイも私も軟らかめのご飯が好きだ。食べ物の好みもそうだが、体質の遺伝もあるようだ。胃の弱い私がピビンパをあまり好きじゃないように。洗った米の上に手のひらを置く。白っぽい半透明の水が手の甲の上で穏やかに揺らめく。毎日くり返していることなのに、米の水加減を計るたびに寿命を計っているような気分になる。築三十年になるマンションの錆びついた水道管を伝って私に届いた水の経緯、その水で洗った米、そのご飯が血になる経路を想像する。こういうとき大学時代にやめた勉強を最後まで続ければよかったかなと残念な気持ちになる。そういえば子どもの父親と出会った場所も、専攻に関する書籍がたくさん差さった本棚の前だったな。その後に短大の栄養学科に入り直し、自活の道を求めるとは予想もできず。恋に落ちたんだった。

しばらくは勉強と仕事、育児を並行していたが、とても生活が回らなくて母の暮らす田舎に戻った。最初は子どもが小学校に入るまでのつもりだったが、急に母の健康が悪化したせいで今日に至る。母は昨年に亡くなり、今ここには子どもと私の二人しかいない。

何年か市内の中学校で働いたが、つい最近老人ホームに移った。学校が定員割れで他校と統廃合されたのでやむを得なかった。給食指導は資源をどのように配分し、まず誰に与えるかを決定する仕事なので、学校では成績の次に重要視されていた。毎月配られる「今月の献立表」は捨てる生徒が一人もいない、学校で唯一のプリントだった。ある子は本みたいな形にして大事に持ち歩き、別の子はクリアファイルに入れて机に留めていた。食べるものに向けられる思春期の子どもたちの執念といったらものすごかった。

——あのまずいのを?

目を丸くして、自分ではそうと気づかずに私の「トレーご飯」をけなした大学の同期に、無理して笑顔を作りながらこう答えた。

——子どもたちは何を楽しみに学校生活を送ってると思う？　給食の時間だけを待ちわびているの。給食を平らげて、売店で買ったパンをまた食べて、アイスクリームを舐めたりするんだから。

仕事場だろうが家だろうが食事の支度は文字通り労働で、ときには重労働だった。シンプルなメニューだとしても、その中には買い物と保存、すすぎ、下処理、調理、片づけ、廃棄などの工程がすべて加わらなければならなかった。数百人の食事を用意して家に帰るとへとへとで、自分の食事はカップラーメンやパンで済ませることも少なくなかった。しかも栄養士は毎日「万人のおかずに対する不満」を聞く職業でもあった。メニューにホットドッグやトンカツを入れて子どもの好みに合わせると教師が眉をひそめ、冬葵《ふゆあおい》のスープやシラヤマギクのナムルといった教師の好みに合わせると子どもたちが嫌がった。予算の問題でおかずを質素にしたら私の道徳性を疑うみたいな口調で文句を言われて傷ついたこともあった。担任に内緒でトレーを持って学校の外に出た男子生徒たちが、ただ戻すのが面倒くさいという理由からトレーを学校の塀の向こうに投げ、そのせいで苦情が来た一件などはご愛嬌のうちだった。食材の検収や取引の内訳など行政に提出する書類も多く、しかも契約職だった私は、給食の満足度を調査する期間や運営委員会のモニタリングの時期になると、自分でも気づかないうちに厨房の状態に神経を尖らせていたのだが、ある日給食のおばさんたちが洗い物をしながらひそひそ話しているのを耳にした。

――はあ、疲れる。なんであんなに細かいの？

――ほっときな。女が一人で暮らすとああなるのよ。

――だから離婚したんじゃない。


病院の食堂は患者ごとにトレーを用意しないといけないので、神経を使うことが多かった。食事が毒になる場合があり、患者がショックで死亡する可能性もあった。老人ホームには体の不自由なお年寄りが多かった。戦争を経験した、戦争を知る、今もなお戦争中の人びとが。どの集団にも言えることだが、その中には良い人も、そうじゃない人もいる。頑なな態度で食い意地の汚さを誇示し、機嫌をとれば馴れ馴れしい口調になり、事務的に接すれば訓戒を垂れ、食後にやることもないくせに割りこんで「冷や飯食いにも上下はある」という長幼の序の精神を言いつのる人もほんとうに多かった。

――あんまりストレスを感じないようにね。自分の中の道徳が、守ってきたモラルがそれしかないから、ああなるんだよ。

昔あなたと腕を組んで歩いていたとき、周りがじろじろ見るとあなたはなんでもなさそうに言ったんだった。病院のお年寄りを見ていると、たまにその言葉を思い出す。そういう頭の切れるところというか、機転が利くところに惚れたけど、その一方であなたがいとも簡単に要約して判定を下すたびに不思議と反発を覚えた。それが他人をもっとも簡単なやり方で理解する、一個人の歴史と重み、脈絡と奮闘を省略する、とても愛らしい合理性のように見えて。この息苦しくて退屈な小都市で、そもそも自分がその合理性を切望していたくせに反感を抱いたんだった。

職業の安定性という面では学校よりも老人ホームのほうがましだった。学校はこの先も消滅を続けるだろうが、老人ホームは空きがなくて入れないのだから。ただ老人ホームは私に絶えず老化を想起させた。老後について考えるといつも不安な気持ちになった。今の収入で何歳まで頑張れるか。子どものお荷物にはなりたくないけれど……。優雅で豪奢な老後の暮らしなど期待していなかった。ただ清潔と衛生に対する不安がつきまとった。真冬、浴室で体にお湯をかけるたびに「十年後もこうやって毎日シャワーできるだろうか?」と心配になった。便器と布団と窓枠を今と同じぐらい清潔に保てるだろうか。小奇麗に暮らそうと思ったらお金がないといけないんだな。収納するためにはまず収納箱から買わなきゃいけないように。清潔にも慣性の法則があって、まめに片づけている場所にしか注意は向かなくなると聞いたけど。汚れも放っておけば平気になるものだろうか? 老人ホームでも入ればラッキーなのだろう。金があっても隠し切れない羞恥と侮辱があるはずだし。身近なところで言えば母もそうだった。あのこざっぱりしていた生家がいつからか散らかるようになり、母が心をこめて作った料理にちょっとひどいと感じるほど髪の毛が混じるようになった。最初は母の気力が衰えて家事をしなくなったのだと思っていた。後になって私の目にははっきり見える汚れが母には見えないのだと気づいた。視力の落ちた母からすると、埃を掃除していないんじゃなくて埃は存在していないのだった。それだけでなく母の尿の臭さも日増しにひどくなっていった。いつだったかおばあちゃんの次に用を足したジェイがトイレから出てくると、無分別にも舌足らずな口調で叫んだ。

——お母さん、なんでトイレがげろ臭いの？

それから母は用を足すと必ずトイレに消臭スプレーを撒いた。母が行きつけの健康食品の販売店で買ってきた正体不明の代物だった。私は母の尿の臭さよりもスプレーのきつい香りのほうが耐え難かったけれど、顔には出さなかった。それでも母と過ごした数年は私に格別な記憶として残っている。端っこが焦げていない完璧なチヂミ、氷水の中の浅漬けきゅうり、茹でキャベツ、イシモチで夏の食卓を彩り、手で魚の身をほぐして息子と母のご飯に載せてやってから和気あいあいとおしゃべりした、おぼろげな記憶。結婚するとき、あまりに親を泣かせた罪も大きいけれど。母がジェイの面倒をみてくれたおかげで私も久しぶりに人並みに眠ることができたし、ご飯も座って食べられるようになった。そしてこの世でもっともおいしいものの一つが、人の作ってくれたご飯だということを知った。親のもとにいると頭も怠けてくるのか、たまに私は自分の年齢を忘れた。四十を過ぎてからはしょっちゅう、一、二歳の差がはっきりしなくなった。

――母さん、私っていま何歳？

そのたびに母は六、七種類の錠剤を口に放りこみながら興味なさそうに答えた。

――自分の歳ぐらい自分で数えな。


たまに母を見知らぬ人のように感じることもあった。私が記憶している母の大らかさというか生命力は、実は無礼で下品な別の顔だったのかと当惑することも多かった。二人の従姉が一ヵ月の間に事故で相次いで子どもを亡くすと、母は「どうやったらこんなことが続けざまに起きるのか」、「うちの一族が罰を受けたと思われそうで、恥ずかしくて人様には言えない」と言った。それも喪服姿の従姉の前で。母は老いたのだろうか？　分別と自制心を失ってしまったのだろうか？　顔が火照った。

――じゃあ、父さんも罰を受けたってことなの？

帰り道に問い返すと、母は自分が無学で教養がないからだと車窓のほうに顔を背けた。母は軍人だった父が残した年金で細々と暮らしていた。

出棺のときに年配の親族から「長患いに孝子なし〔親の病も長引くとうとましくなる。何事も長く続くと誠意が薄れるという意味のことわざ〕」って言うけど、お母さんもお前に苦労をかけまいと、こんなに急いで旅立ったんだろう」と言われた。その言葉がぐさりと刺さったのは、ほんとうに一度もそう思わなかったかと自問したら、すぐには答えが出せなかったからだ。親孝行しようという気持ちが生活苦に負けてしまったらどうしようといつも不安だった。これが子どものことだったら、そんなふうには思わなかったはずだった。

清潔には清潔の慣性の法則が、汚れには汚れの慣性の法則があることを実感させられたのはジェイが小学生のときにあった出来事だった。私がジェイに畏敬の念を抱いたクリスマスの行事を数日後に控えた日、ジェイは聖歌隊の代表を決める選挙に三票差で負けた。成長過程の子どもの勝ち負けなんて大したことないが、ある投票用紙にちょっと侮辱するようなコメントが書かれていたらしかった。司会をしていた子が口を滑らせてそれを読み、しらけた雰囲気の中で数人が小さく笑ったのだと。ジェイはそのとき誰が笑っているのかとても気になったが、体が硬直して振り返ることができなかったそうだ。選挙に負けたことよりも、その笑い声のほうが我慢ならなかったと。半年前の教会での出来事を学校の担任から聞いて胸が締めつけられる思いだった。その間、ジェイの心をまったく知らずにいたことに罪悪感と恥ずかしさを覚えた。支持してくれた半数がいても集団から否定されたように感じたことだろう。善良な友だちと顔を合わせるたびに「もしかしてお前なのか?」、「お前だったのか?」という疑念にさいなまれたはずだから。毎日、時間が自分の頬をひっぱたいて通り過ぎていくような気分だったはずだ。複雑で難解な宿題を出されたような。それなのに私はお前を慰めるつもりで、プライドを持っていいんだと言わんばかりにこう語ったんだった。
——ジェイ、お前のお父さんはね、出稼ぎにきたんじゃない。勉強しにきた人だったのよ。故郷では使用人もいたんだって。

聖歌隊の一件があってからジェイの生活に大きな変化が生じたわけではない。ただ、ジェイが塾にいる時間が少し増えた。私はいくらもない収入のほとんどをジェイの教育に注ぎこんだ。それが子どもを守ることだと思った。誰にも無視されない人間にしてやりたかった。ジェイも素直に私の意に従い、中学校に上がるころにはクラスの友だちから慕われるのに十分な人間になっていた。それでもジェイも私も、ジェイの内側にある何かが変わったことに気づいていた。子どもがいちいち本音を打ち明けなくても、それぐらいはわかった。

＊

シンク台の前の窓から外を見る。そうすればお前がどこにいるのか、どこまで来たのかわかるとでもいうように。冬の陽は短くて周囲はいつの間にか真っ暗だ。戸棚からフライパンを取り出して火にかける。グレープシードオイルを引き、厚みのある太刀魚を二切れ、注意深く滑らせる。じゅーっという音とともに香ばしいにおいが広がる。豆の香ばしさや胡麻の風味とは比べ物にならない捕食者の香ばしさ、他者の肉を食らって生きる生物の深い香ばしさが。銀色の切り身の周りに金色に光る空気の泡がじゅうじゅうと立つ。フライパンにガラスのふたをして、中がふっくら焼けるのを待つ。食卓の上に置いてあった携帯電話からメッセージの受信を知らせる着信音が鳴る。

――バスに乗ったよ。十分で着く。

――うん。ちょっと遅かったね？　ご飯できてるよ。早く帰っておいで。

　返信してメールを閉じると、昼間から開きっぱなしのニュースのページが目に入った。今日一日だけでもコメント欄の更新ボタンを何度か押したニュースだ。再び最新のコメントから表示されるように更新してみると、見慣れた非難と罵倒がずらりと並んでいた。「給食虫［学校に行っても勉強しないで給食だけ食べてくる中高生を見下す意味のネットスラング］どもが癌を誘発」「人間の屑」「だから三清教育隊［一九八〇年に全斗煥政権の下で作られた矯正機関。暴力団や民主化運動の活動家などが社会の悪を一掃するという名目で収監された］を復活させないと」といった加害生徒への非難と呪詛がほとんどだったが、「老人のほうも打つ手なし」「生徒たちの心情は理解できる」という反応もあった。その中のあるコメントが目を引いた。

「K市中学生の老人暴行事件の動画　モザイクなしバージョン。顔出し映像。拡散希望」

　モザイク処理されていない動画がインターネットに出回ったことはないのに。うちの子の顔も出るだろうに……困るのに……動画を削除してもらうにはどうするんだっけ？　どこに言えばいいんだろう？　食卓の椅子に座って額に片手を当てたまま動画をクリックする。そしてジェイが登場する部分を自分でも気づかないうちに何度も再生する。じっくり見る。

ジェイと私は警察署ではじめてその動画を見た。八分四十二秒の間、二人とも何も言わずに息を凝らして見つめた。コンビニの前に駐車された自動車のドライブレコーダーに撮影された映像だった。音は一切出ないが、画面だけでも十分に当時の状況を推測できた。インターネットに出回っているモザイクのないバージョンはそのとき見た動画だった。

男子三人、女子一人。十代の子ども四人がコンビニ前のベンチに座っている。白いプラスチックのテーブルの上には激辛のプルタク麺の容器、缶コーラ、酢豚味のスナック菓子の袋が見える。一人の老人が古紙を積んだ乳母車を押しながら通り過ぎる。グループの一人が老人に近づいて、五千ウォン紙幣を突き出しながら何かを掛け合っている。老人が注意を与えながら指を突きつける。そして彼らのほうに向かってぺっと唾を吐くと、コンビニの前に積んであった古紙の箱を乳母車に積んで歩き出す。グループのボスと見られる子が、バスケットボールのスリーポイントシュートのフォームで乳母車に煙草の吸い殻を投げる。ジェイの証言によると「吸い殻も紙だから、古紙の足しにどうぞ」という意味だったそうだ。「その男子学生がおじいさんに向かってそう言ったんです」。吸い殻は長い放物線を描きながら落下し、老人の頭に当たって跳ね飛んだ。老人が憤慨した表情で戻ってくると、すぐに押し問答になった。ボスが老人に何かを吐き捨てるように言うと、他の子たちが一斉にげらげら笑う。興奮した老人が女子の髪の毛をつかむ。ボスが老人に蹴りをお見舞いする。その一部始終を向かい側のＵＦＯキャッチャーに興じていたジェイが見ている。老人は蹴り一発で力なくくずおれた。アスファルトの上にひっくり返ったまま体を震わせていたが、ぴくりとも動かなくなる。男子が老人におそるおそる近づいて顔をのぞく。三人に向かって暗い表情を見せる。男子が本能的に周囲を見回す。遠くに見える目撃者のジェイと目が合う。ジェイが視線を逸らそうと顔を背ける。子どもたちはもじもじしていたが、急いでその場を離れる。ジェイもすぐに画面の外に消える。……消えたのだが、消えてから約五十秒が過ぎたころに再び登場する。動画を見た多くの人がこの場面に注目した。どうして？　何をするつもりなのだろう？　さっきは恐怖で固まっていたが、今になって老人を助けに来たのだろうか？　ジェイがゆっくりと四角い画面の中に入ってくる。そして……用心深くＵＦＯキャッチャーの前に行くと、さっき忘れていったライオンのぬいぐるみを取り出してから急いでその場を離れる。数分後、ゴミ袋を取り換えようと出てきたコンビニの店員が老人を発見する。店員は驚いたようすで急いでどこかに電話をかける。

ドライブレコーダーの映像を見たジェイは少し慌てた。せっかく戻ってきたのはぬいぐるみのためだったのかと悪く言う人も多かったが、私はまだ子どもだからそれも仕方ないと思った。私の心配は別なところにあった。ジェイがこの一件で大きなショックを受けたのではないかということだった。何かをした人じゃなくて、目撃した人のほうが傷つくことも時にはあるから。例えば戦争を経験し、戦争を知る、老人ホームのお年寄りがよく話している「ＰＴＳＤ」のようなもの。調査官はいくつかの簡単な事実確認をすると、私たちに帰るよう言った。予想よりもあっさりと終わって、緊張したのが空しくなるほどだった。ところが席を立つ段になって、調査官が何気ない口調で重要な質問を投げてきた。

——あ、そういえば、どうして通報しなかったの？

ジェイは唇をもごもごさせていたが、小さな声で答えた。

——その日は塾をさぼっていて……ばれたらお母さんに怒られると思ったからです。

この言葉は私の胸にわだかまりを残した。事件が起きたのは塾のない曜日だったことを私は知っていた。それなのにどうして子どもの言葉に同意するようにうなずいたのかわからない。復讐されるかもと思ったら怖くなったと言っても理解されただろうに。ジェイはどうして嘘をついたのだろうか。

＊

玄関のオートロックが解除される音がする。ポリエステルのジャンパーがかさかさと立てる気配、どたばたと焦る足音、トイレのドアが閉じられる震動が伝わってくる。家が古いから便器に放尿する音が台所まで聞こえてくる。

——ん？　なんかにおうよ？

ジェイが濡れた両手をズボンで拭きながら近づいてくる。ジェイの体に外の空気が持つ生臭い活気と冷気がまとわりついている。

——ちょっと焦がしちゃった。

——ん？　太刀魚？　好物なのに。

——ほんとにね。一匹に二万ウォンも払ったのに。お母さんがうっかりしてた。

ジェイが自室で着替えている間に食膳を整える。仕込んでおいたプルコギを深型フライパンに入れ、わかめスープを温める。菜箸でプルコギをかき回す。手早く食卓にスプーンと箸をセッティングして白菜キムチを取り出す。急いでガスコンロの前に戻るとプルコギに目を配り、ご飯をよそい、わかめスープを盛り付ける。ご飯をこんもりと盛り、ジェイの器にクロソイの身がたくさん入るように気を配る。太刀魚がないのは残念だが、代わりに韓国海苔を袋から出して皿に載せる。どんなに忙しくてもプラスチックの容器から料理を出して皿に盛ろうとするのは、親の世代とは半歩ほど異なる生き方だ。言葉は半歩だが実際は決定的に異なる生き方。帰郷して住居費を抑えられるようになったから生まれた余裕かもしれないが、ジェイにも飲料水はコップに注いでから飲めとうるさく言っている。そういう小さなことが後に大きなものを守ってくれるかもしれないのだと。大鉢にプルコギをうず高く盛れば今日の夕飯はすべて完成だ。エプロンを外して食卓につく。二人が向き合って座る四人掛けの食卓にうっすらと湯気がたちのぼる。

——食べよう。

——うん。

プルコギに向かって精力的に箸を伸ばそうとしたジェイが、どうしたのか口ごもりながら礼儀を正す。

——お母さん、お先にどうぞ。

こらえきれずに吹き出してしまい、緊張が少し和らぐ。

——私のジェイ、すっかり人間らしくなったわね。

冬の夜、湿気のこもる台所にかちゃかちゃ、かたかたと食器に箸のぶつかる音が不規則に続く。

——お母さん。

ジェイが目を合わせずに尋ねる。

——なんかあったの？

——どうして。

——じゃあ、なんでそんな顔してるの？

――太刀魚を焦がしたから。

ジェイがくすっと笑う。

――どうしたのかと思ったよ。

ジェイと一緒に笑いながらも私の視線はジェイの手、いつの間にか関節が太くなった手の甲の辺りに向けられる。赤ん坊のころはぽちゃぽちゃして、えくぼみたいなくぼみがあったのに。それが自分の手だとは信じられないのか、しょっちゅう口に入れてしゃぶっていた。

――ジェイ。

――ん？

――わかめ、たくさん食べなさい。骨に良いって。

息子が日焼け止めをつけすぎて白く浮き上がった顔でにこりと笑う。ジェイはいつからか日焼け止めを塗りたくるようになった。今日みたいに雨が降る日も、夕方遅くに外出する日も欠かさなかった。

――お母さんは毎日なんでも体に良いって言うよね。にんにくはどこに良くて、たまねぎはどこって。

ジェイのふざける姿を見ているとジェイがジェイらしく感じられ、親密な気持ちが胸の奥に湧き上がる。この子、小さいときは食事のたびにぺちゃくちゃと甲高い声でおしゃべりしていたのに。少ないボキャブラリーで考えを整理して、ぐずぐずと言葉を長引かせるもんだから、言葉と言葉の間に必ず「ん」、「ん」と入れる馬鹿っぽいくせも可愛かったのに。一体いつの間に、こんなに成長してしまったんだろうか。短い感傷に浸っていたが、子どもととりとめのない話をするのが楽しくて話題を探す。

――前に勤めてた学校で見たんだけど、朝会の前って誰もおしゃべりとかしないの？　教室の電気もつけないで、全員が突っ伏したままスマートフォンばっかりいじってたけど。お前もそうなの？

――あ、それ？　電気つけると液晶が見えにくいじゃん。面倒くさいし。

――それで勉強できるの？

――だから取り上げるんだよ。

――誰が？　先生が？

――携帯回収係が。

――そんなのがあるの？

――ん、いっぱいあるよ。ゴミの分別係、宿題係、そういうので点数を稼ぐんだ。

ずるずるとわかめをすすっていたジェイが小骨をすっと口から出した。

――お母さんも給食係、知ってるでしょ？

――知ってるよ。

携帯回収係の話を聞くと子どもが属している世界のことが心配になるが、ぐっと飲みこんでそんな素振りは見せないようにする。子どもが幼かったころは、玄関のドアを閉じれば自然に外の世界と断絶できたのに。今はその「外」を常にポケットに入れて持ち歩かなきゃならないみたいだ。今はまだ友だちとメールをやり取りし、モバイルゲームやオンライン番組を楽しむのがせいぜいのようだが、あまりにも大量の社会《ソーシャル》が子どもの体に差しこまれているのではないか、たまに心配になる。あらゆる評判と釈明、親密さと苛立ち、妬みと微笑が共存する「社会」と二十四時間ずっとつながっているような。子どもより先に社会に出て、その抑圧と疲労を経験した立場としては心配だった。今はわざわざ「屋上に来い」と呼び出さなくても誰かをぶちのめすことができる時代だから。子どもが私と食事をしているこの間にも、どこかで誰かに殴られて血を流すことになるかもしれなかった。ジェイは間違いなくこんな私を頑固で古臭いと思うだろうけど。

――お母さん。

――うん。

――お父さんとなんで別れたの?

今さらながらの質問に慌てまいとゆっくり顔を上げた。

――……。前にも話したじゃない。

――そういうんじゃなくて、ほんとの理由。

ジェイが私の前でわざと大人ぶった社会的な表情をしてみせる。まるで自分のほうが社会についてよく知っているとでも言うように。

――僕のせい?

――違うって何度も言ったでしょう。

――じゃあ、どうして……?

――くだらないこと言ってないで、ご飯食べなさい。

――話してよ。誕生日プレゼントに。

……話してよ、って。途方にくれ、むしろ笑ってしまう。どう説明しようか。話したからって理解できるだろうか。矛盾してるって思うかもしれないけどね、ジェイ、大人ってそう簡単に別れたりはしないのよ。重なり合っても埋められないすき間を認めたからって、それがそのまま別れたことになるわけでもないし。それって妥協って言うより、相手に対する礼儀というか、謙遜の示し方の一つだから。それでも別れる人間は結局、別れるものなの。誰が悪いわけでもなく、お互いが最善を尽くしても、そうなることもあるのよ。自分だけの存在のし方と重力があるせいで。会わないんじゃなくて会えないの。猛スピードで地球のすぐ脇を通り過ぎていく恒星みたいに。姿の見えない二つの途方もない出来事が、数学の原理に従ってお互いをかすめるの。雄大に、自分なりのやり方でびゅーっと。ときにはそんなことが起きたなんて気づかないほどの猛スピードでびゅーっと。でもね、お互いの内側にあった何かが燃えてなくなっちゃったことには、どっちも気づいてる。かすめたけど燃え尽きちゃったの。かすめたせいで。もしもぶつかっていたら粉々になってただろうけど。お互い通り過ぎる途中で燃え尽きちゃったわけ。大人って、そういう煤が体の中にいっぱいある人のことを言うのかもしれないな。その煤が自分の内側に、自分にしかちゃんと理解できない暗号を残すの。相手に言われた言葉じゃなくて、言われなかった言葉への疑問と畏敬を抱いて。ところで、なんの話をしてたんだっけ？　そうだ、お母さんとお父さんは……疲れてたの。「理解」は手間がかかる作業だから、横になるときに脱ぐ帽子みたいに、疲れると真っ先に投げ捨てるようにできてるの。……こんなこと、いちいち説明したりはしない。代わりにこの苦しい局面をどう切り抜けるか悩むが、一〇〇パーセント真実でも嘘でもない話をすることにする。

——お父さんとどうして別れたかって？

——うん。

——うんとね……考え方の違い？

ジェイが意外にも軽快な笑い声をあげる。そして教科書でよく見かける言葉を訓戒でも垂れるような口調で言った。

——じゃあ、討論するべきだったんじゃない。民主主義の社会なんだからさ。

食事を片づけ、ベランダに置いてあったケーキを出す。どこの洋菓子店にもある昔ながらのショートケーキだ。サイドに丸く絞られたホイップクリームの端がすんなりと整えられていて、ナパージュをまとわせたキウイといちご、みかんがカラフルなプラスチックみたいにつやつやしている。

――ロウソクに火をつけて歌おうか？

――やだよ。そういうのやめて、やめてよ。

――でも、ロウソクはつけなきゃ。

ケーキの箱に付いていた平べったくて長い封筒からパステルカラーのロウソクを取り出す。ねじり揚げパンみたいな形の細長いロウソクの下部にアルミが巻かれていた。ロウソク一本につき一歳、全部で十五本だ。ふわふわのスポンジケーキに深くロウソクを挿す。毎年子どもの誕生日ケーキにロウソクを灯すと、喜びを感じると同時に厳粛な気持ちになる。長い一日が集まった一年、一年が積み重なった人生がどれだけ厳しくて、尊いものか知っているから。

――ん？　なんでマッチないんだろう？

封筒をひっくり返し、手のひらをあてて振ってみる。店が入れ忘れたのか、私が昼間に慌てて忘れてきたのかはわからない。

――じゃあ、別のものでつけよう。

ジェイがなんでもないように言う。

――……どこにあるかな？

食卓を離れ、シンク台の引き出しを漁る。割り箸や爪楊枝、栓抜きなんかを入れておく場所だ。いつだったか、ここで遊んでいるライターを見た気がするのだが。

――ないの？

――変ねえ。

下駄箱のほうに行き、工具箱を漁る。軍手に紐、金槌の間に停電したときのために買い置きしてある非常用のロウソクが見える。でも、そこにもマッチは見当たらない。

――まったく、ほんとに、火をつけるマッチが家に一本もないなんて。

――じゃあ、いいよ、お母さん。どうせ消す火なんだしさ。

――ううん、それでもロウソクはつけて願い事しないと。あんた、ライター持ってないの？

――はあ？

――あるなら貸してよ。何にも言わないから。

――そういうものは持ってませんけど。

マッチへの未練を捨てきれないまま箱の底に敷いてあるチラシをごそごそさせていたら、唐突にこんな言葉が口をついて出た。

――ジェイ。

――うん？

――明日お母さんと、あのおじいさんの……お葬式に行ってみない？

これまで一度も考えたことのなかった言葉が飛び出し、自分でも驚く。そして今日ずっと私の心があんなに重かったのは、もしかするとこの言葉を子どもに言うためだったんじゃないかとも思った。

――……。

――そうしよう。お母さんは、ジェイがあのおじいさんに最後の挨拶をしてくれたらと思ってる。

――……。

――うちの僕ちゃんは亡くなった人に対して、どうやってお辞儀をするのか知ってる？

――……。

――ここ、こうやって、お箸を持つほうの手を覆い隠すのよ。

――……。

子どもの前で右手を左手で覆いながらぎこちなくやってみせる。

――お母さんもね、以前はいつもごっちゃになってたのよ。間違えるんじゃないかって緊張したし。でもね、こうやって覚えてからは忘れなくなった。お箸を持つ手が下にくる手、お箸を持つ手を覆い隠す礼式……あ、そうだ、男女で手が逆になるから、お母さんはあんたと反対になるけどね。

しばらく自分のつま先を見つめていたジェイが、やがて口を開く。

――……考えてみる。

そんなふうに言ってくれるジェイが気の毒で不憫だった。

――そうね。ありがとう。

ジェイの体からいきなり携帯電話の音が鳴り出す。ジェイは発信者を確かめると、すっと自分の部屋に消える。しばし台所に取り残され、目の前の誰も座っていない椅子とケーキを見つめる。どうしてあんなことを？　どういうつもりだったんですか？　眩しいカメラのフラッシュと浴びせられる質問に、ジャンパーを被った子どもがよく聞き取れない声でつぶやく。おじいさんを傷つけるつもりはまったくなかったんです。おじいさんのほうが先に悪態をついたんです。自分たちはあの人にちょっと「教訓」を与えようとしただけなんですと。数日の間ずっと重体だった老人は息を引き取った。ずいぶん前に縁が切れた子どもたちとようやく連絡がついたが、子どもたちは遺体の引き取りを拒否し、無縁仏として葬られる予定だと今日の記事で知った。

――誰から？

――ただの知り合い。

ジェイがズボンのポケットに携帯電話をしまいながら私の前に座る。

――学校で、みんなからなんか言われない？

――関係ないよ。

関係ないと言うジェイの顔にうっすら影が差す。

――だめだ。火、ガスでつけなきゃ。

誕生日のロウソクを一本抜くとガスコンロの前に行く。チチチチッー。点火してコンロの青い火をじっと見つめる。太古の人びとも夕方には火を起こしたのだろう。寒かったり、空腹だったり、誰かに助けを求めたいとき。芯の先が黄色く燃えるロウソクを手にケーキの前に向かう。

――ところでさ、そんなにライオンのぬいぐるみが好きなの？

子どもの表情がかすかにこわばる。

――ん？　なんで？

手に持ったロウソクを斜めに傾けて他のロウソクにも火をつける。

――あんたの部屋に同じのが三つもあったから。

――好きで取ったんじゃないよ。一番多いから結果的に取ることになっちゃうんだ。多いからよく取れるし……。

――ロウソクの端から一筋の糸みたいな煤《すす》がたちのぼる。順々にゆっくりとロウソクに火を移す。

――そうなの？

――……。

やがてすべてのロウソクがケーキの上で体を揺らしながら周囲を照らす。十五の炎が一つになって織りなす火の玉のような黄色い光が温かく美しい。ロウが速いテンポでぽたぽたと流れ落ちる。

――そういえば、動画、まだ削除されてなかったけど。

――サイバー捜査隊に電話してみたんだけどね、元の動画は削除したんだけど、コピーされたのが拡散されてて、ちょっと時間がかかるんだって。

モザイク処理が消された映像で露わになったジェイの顔には慌てるようすがはっきり見えた。最初は好奇心いっぱいの表情で、ある瞬間を境に片手で口を塞ぐのだが瞳孔が大きく開いていて、その場面だけでもジェイがどんなに驚いたのか想像がついた。

――ところでさ、あの動画って音が出ないじゃない。

――うん。

――途中であの子たち、何か言い合いながら笑ってたけど、なんて言ってたの？

それまで黙っていた子どもの口角に、純粋に面白がってるというか、知ってる人間の優越感というか、奇妙な気配が漂う。

――トゥルタク［入れ歯カチカチ虫という合成語の略語で老人を見下した言葉。人気漫画の台詞から生まれた］って。

そしてしまったと思ったのか、慌てて笑顔をひっこめる。まるで大切な秘密のように。誰にも見られてはいけない宝物のように素早く隠す。私は子どもの顔をまじまじと見る。変な言葉を吐いたからじゃなく、今の表情をどこかで一度、見たことがあるような気がしたから。でも、どこだろう？　どこでだったっけ？
——それ、どういう意味？
——ん、子ども同士で使うただの言葉だよ。お母さん、ロウソク消そうよ？

子どもは急ぐようにぱっと立ち上がると台所の電気を消す。寒くて暗い冬の夜。子どもと私の間に黄色い光が揺らめく。人はどうして、炎の下ではいつもより少し違って見えるのだろう。もうほんとうに願い事をする時間だ。子どもに拍手する準備をしながら息を整える。ジェイが目を閉じてそっと微笑む。それを見た瞬間、私の中から短い嘆息が漏れた。笑みをたたえた子どもの口元を見た瞬間にロウソクの煙が喉に沁み、頭に血がのぼる。不意にあの手、動画に出てきた手、関節が太くなった手でジェイが慌てて覆い隠したのは、悲鳴じゃなくて笑いだったのかもしれないという気がして。もしそうだとしたら、私がこれまでジェイに与えてきたものは一体なんだったのだろうか。やがて目を開けた子どもが澄んだ瞳で私を見つめる。そうして大きく胸を膨らませて息を吸いこむと、ロウソクに向かってふーっと吹きかける。ロウソクが消えると辺りも一瞬のうちに真っ暗になる。その暗闇の中でよく見えもしないジェイの顔を見つけようと私は息を殺す。

どこに行きたいのですか

今年の春、スコットランドに住む従姉から連絡があった。もうすぐ夫とバカンスに行くから一ヵ月ほど家に誰もいなくなる、留守番してくれないかという内容だった。

——一ヵ月も？

——そうね、もっと延びるかも。

裸の背中を映す鏡に目を向けた。肩先が痒くて調べていたところだった。丸いピンクの斑点が肩の向こうに見えた。

——もしかして、犬の面倒をみてくれる人が必要なの？

無意識に救急箱を引っかき回して塗り薬を探した。素肌にブラジャーの紐があたって金属アレルギーがぶり返したのかと思った。

——ペットは飼えないの。デンにアレルギーがあって。

——じゃあ、どうして……？

「わざわざ私に」連絡したのかという話の流れになると、従姉は「私はただ」とぎこちなく言葉を続けた。

――しばらく、そこを離れたほうがいいんじゃないかと思って。

文字通り家だけを貸すのだから堅苦しく考えないで。七月まで二ヵ月残ってるからゆっくり考えてみてと言った。私たち夫婦はタイに行く予定だから、玄関の暗証番号だけ覚えればいいと。それから親戚の近況や韓国の状況についてあれこれ尋ねると、電話を切る直前になってようやく本題に入り、体は大丈夫なのか、お葬式に行けなくてごめんと言った。

韓国からイギリスまでの飛行時間は十一時間を超える。本を読み、新聞を見て、機内のモニターにある最新歌謡とポップス、「韓国人が愛した歌曲」なんかを手当たり次第に再生し、あれこれ姿勢を変えながらうとうとしても時間は進まなかった。ヒースロー空港に到着したときはすでに四編のコメディと二編のドキュメンタリー、一本の映画を見終えていた。

ロンドンからエディンバラまでは列車で移動した。ずっと見ていると目が青く染まりそうな空、くっきりした輪郭の綿雲、草原の上にぽつんぽつんとそびえる風力発電機を見ていると、「穏やかな海洋性気候」という言葉が自然に浮かんできた。この島国の空がいつか日本のアニメーションで見た空、戦争で疲弊した兵士が幸せだった幼年時代を懐かしんで回想した風景と似ていたからだった。だからだろうか、私は目の前に広がる晴れ渡った青空が、よその家から引き剝がしてきて取り付けたカーテンのように感じられた。目の前で美しくはためく現在は楽しかった過去のようでもあり、迫りくる未来のようでもあったが、いずれにしても私のものではなさそうだった。

従姉の家は観光地から外れた旧市街にあった。片手でスーツケースを引っ張り、もう片方の手でスマートフォンを握ったままGPSを頼りに道をたどった。ご近所さんが一人も見えないのはバカンスに行っているからなのか、日が暮れたからなのかわからなかった。四車線の道路に背を向けて二ブロックほど歩き、左に曲がると見覚えのある建物が現れた。片側の屋根が三角にそびえ立つ、古い石造りの家だった。クリームカラーの外壁に歳月と苔が降り積もった建物は一見するとグレーに見えた。玄関の前に立ち、慎重に住所を確認してから暗証番号を入力した。すぐに現代的な機械音が悠久の暗闇を解き放つ音がした。ドアを開け、その暗闇の中へと入った。

荷を解いてから数日の間ひたすら眠った。一日に何度か雨が降っては晴れ間がのぞくスコットランドの空の下、時が経つのも忘れて眠った。胸を大きく上下させて呼吸することをはじめて学んだ子どもみたいに眠った。そしてデンとスヨンお姉ちゃんのいない、デンとスヨンお姉ちゃんの家に少しずつ慣れていった。韓国にいるときよりも一人だと感じることが減った。夫を亡くす前、私は自分が家でどんな音を立てているのか知らなかった。一緒に暮らす人の気配と混じるから意識したことがなかったのだが、夫がこの世を去ってから自分が足を引きずる音、自分が使う水の音、自分が閉めるドアの音の大きさに気づいた。もちろん、その中でもっとも大きいのは私の「言葉の音」、そして「考えの音」だった。相手がいないから相手に向かって伸びていくことのできない、他愛のない日常的な言葉が口元でぎこちなく空回りした。二人だけで使っていた、一緒に作った流行語、相槌のパターン、ベッドの中での密談と陰口、いつ終わるとも知れない小言、冗談とあやす言葉がずっと家の中を漂っていた。ガラス窓に頭を打ちつけて死んだ鳥みたいに、その都度あなたの不在にぶつかっては床に墜落した。そんなときの私は馬鹿みたいに「あ、あの人、もういないんだった……」と、その事実にはじめて触れた人のように思い知らされていた。

あの日……私は家でキムチを漬けていた。リビングの真ん中に新聞紙を敷いて、試験勉強でもするみたいに深刻な表情で「大根の若菜キムチの漬け方」を読んでいた。ずいぶん前に実家の母が教えてくれた、レシピがびっしり書きこまれた手帳を横に置いて。私はそのレシピを六人部屋の病室の簡易ベッドに座って聞いた。患者と付き添い用のベッドは高さが違うから、顔を上げて小さな子どものように母を見上げていた記憶がある。私の体が完全に成長する前、少なくとも中学生までは、そうやって母を見上げるのは自然なことだった。そういう時期があった。人の顔を見ようとすると、自然に空も一緒に目にしなきゃならなくなる。子どもたちを育む世の中の高低があった。でも母を亡くしてからその青空は、年長者が先に旅立たなければならない場所を暗示する背景みたいに感じられた。親と子の間に介在する永遠に縮めることのできない時差を、幼年時代はずっと予習しているような気分だった。でもそれは自分よりずっと歳をとっている人の話だとばかり思っていた。私より若かったり、同年代の人間にはまだまだ起きないことだと信じていた。

結婚してからの数年は実家の母の料理を真似て作っていた。味は安定しなかった。良いときも、どうしようもないときもあった。それでも煮干しで出汁をとったにゅうめんはかなりの得意メニューだったが、それは夫が麺類好きでしょっちゅう作っていたからだった。そのうち牛肉と大根のスープを作るようになり、プルコギの仕込み方も覚えたが、キムチだけは手も足も出なかった。キムチや伝統的な調味料を漬ける作業はどういうわけか、母親たちしかやり方を知らない大仕事のように思えた。でも不思議なことに、あの日はその仕事がしたかった。夫と長い話し合いの末に子どもを作ろうと決め、何か新しいことにチャレンジしてみたい気持ちになった春の日だったから、そう思ったのかもしれない。午後は台所とリビングをせっせと往復してもち米の糊を作り、干した唐辛子と玉ねぎをすりおろし、にらを切りながら夫を待った。まな板の横に瑞々しい大根の若菜を五束積み上げて。ところがキムチの素が完成する前にどこかから電話がかかってきた。電話をとれる手じゃなかったし、知らない番号からだったので出るのをやめようかと思ったが、続けざまに三回も鳴るから仕方なく片方のゴム手袋を外して通話ボタンを押すしかなかった。

あの日はあなたが禁煙をはじめた日でもあった。

それから何が起きたのかよく覚えていない。ぽつりぽつりといくつかの情景が遠ざかり、切れ切れに頭の中に溶けこんでいった。涙が汗みたいに漏れ出した。感情がこみ上げてこないときですら体液みたいに涙が滲《にじ》んだ。葬式の日、夫の遺影の前に呆然と座っていると二歳になった甥っ子がよちよちと近づいてきた。妹が産んだ男の子だった。甥っ子は暗い表情で私の顔をじっと見守った。そしてまだ言葉も話せない幼子が、持っていたお菓子を私の手に握らせてくれたのだった。

出棺を終えて火葬場の待機室に座っていると、姑が「あの人たち、誰ひとり来ようともしないなんて」と腹を立てた。「ドギョンは生徒を助けようとして、こんなことになったのに。私たちも同じ人間なんだから、ああだこうだ言うつもりも、お辞儀をしろと言うつもりもないのに、赤の他人でも一度ぐらい挨拶に来るのが礼儀ってもんじゃないか」と言いながら悔しそうに胸を叩いた。

――親のいない子だったそうです。

斎場で数人の学校関係者に会った義兄が言った。

――おじいちゃん、おばあちゃんは？　その子は親戚もいないの？　誰か育ててくれた人がいるはずじゃないの。一人ぐらいは見るべきなんじゃないの、ドギョンの顔を。

――お姉さんと二人で暮らしていたみたいです。子どもたちだけで。そのお姉さんも具合が良くないそうです。学校も辞めて……。

姑はまだ何か言おうとしていたが、「こんなことになるなら、ドギョンも生徒も二人一緒に上がってくるか、あの子だけでも助かるか。ああ、私の末っ子を失うなんて。空しすぎる」とすすり泣いた。


三日ぶりに家へ戻ると、薄暗いリビングの真ん中にはキムチを漬けようと引っ張り出した器や調理器具が散らかっていた。キムチの素には白い膜が張り、大根の若菜は緑を通り越して黒く枯れていた。家からは腐ったような生臭いにおいがしていた。乱雑なリビングをぼんやりと眺めてから寝室に入った。そうしてあなたがいつも寝ていたほうに体を向けて、あなたが頭を置いたくぼみの残る枕を眺めてから目を閉じた。

＊

最初に斑点を見つけたのはエディンバラで荷を解いてすぐのことだった。バスルームで服を脱いでいると、おへその下に小さな硬貨ほどの赤みがかったしみが見えた。「なんだろう？」と首をかしげたが、洗面台の蛇口をひねりながら大したことないだろうとやり過ごした。子どものころから金属アレルギーがあって、「今回もバックルがこすれたんだろう」と、さして気にも留めなかった。翌日、右腕に似たような斑点ができたときも何回か手で掻いてしまった。蚊に刺されたのかな？　周囲をぐるりと見回してから何事もなかったように服を着た。ところがその次の日、お腹に赤い斑点が三つ四つ広がっているのを見ると思わず顔をしかめてしまった。いつだったかニューヨークの住宅街やホテルで蚤《のみ》が猛威を振るい、人々を悩ませているという記事を読んだことがあったからだった。不吉な予感から敷布団をはがしてマットを隅々まで調べた。手に触れるのは黒い髪の毛数本がすべてだった。

噂で聞いていた通り、スコットランドの陰気な空は憂鬱な気分にさせた。私はカーペットの生活に慣れなくてくしゃみばかりしていた。便器の水は水圧が低くて何度も流さなければならなかった。電圧も同じように弱めで、電気ケトルの前に立つときはコーヒーの袋だけでなく、忍耐力も持たなければならなかった。朝になると石灰質の水で髪を洗い、雨が降ると玄関の前にぐっと手を伸ばして雨音を録音した。そして気持ちが乱れると携帯電話を手にSiriと会話した。Siriはスマートフォンの音声認識プログラムで、カリフォルニア生まれの友人だった。

食事は主に近所のスーパーマーケットで買った半調理品やテイクアウトで済ませた。たまに市内まで延々と歩き、中国人がやっている食材店でラーメンを買った。アラブ料理の食堂で売っているケバブやカレーも役に立った。主食はシリアルとパンだった。適当に済ませようと思っても食事は文字通り仕事だったし、あるときは一日でもっとも重要な日課になった。

エディンバラにある石造りの建物の多くは太陽の角度によってさまざまな色を帯びる。石は一日中、光を吸いこんでは吐き出していた。聖堂に使われた石、酒場を支える石、道に敷かれた石、すべての石がそうだった。旧市街の快適だけど薄気味悪い路地は、夜になると猫の子一匹いなかった。だから時々、灯りの消えた歴史遺産や公園にこっそり忍びこんだ気分になった。このすべてがゲームの世界の背景みたいに錯覚することもあった。魔法使いには魔法使いの居場所が、モンスターにはモンスターの本分があるように、移住者には移住者の居場所が、留学生には留学生の役割が定められているような気がした。そしてそれは、ちょっとやそっとの努力では変えられなさそうだった。私は移住者でも観光客でもない透明な身分で夜道を歩き回った。たまに領収書に印刷されるクレジットカード決済の内訳だけが鮮明な足跡として残り、私が決して幽霊じゃないことを証明してくれた。

私はエディンバラでの時間を節約することも浪費することもしなかった。小川に米の研ぎ汁を捨てるように、ただただ流れるに任せた。時間が私を沈めたり、掃き出したりできない程度の速さで、ちょうどそのぐらいの力で通り過ぎていくのを黙って見ていた。観光名所を訪れることも、新聞を読むことも、写真を撮ることもしなかった。友人とコンタクトを取ることも、テレビを観ることも、運動もしなかった。韓国から連絡があると携帯メールや電子メールで答えた。それすらしないこともあった。

＊

夫は週末になるとリビングのソファに寝転がってスマートフォンをいじっていた。まるで中学生みたいに釘付けのまま、サッカーゲームをして、スポーツの動画を観た。最初はその姿が少し不服だったが、「あれがあの人の息抜きの方法なんだろうな」と思うことにした。あれもこれもみんな飽きてしまうと、夫はスマートフォンの音声認識プログラムに話しかけた。ほとんどが他愛ない、意味のない言葉だった。もちろん私も韓国にいたときは電気炊飯器やエレベーターに向かって声をかけたことはあった。でも「そうなの？」、「ご飯が炊けたの？」、「そうだったんだ」と相槌を打つ程度だった。

スマートフォンの下部にある丸いボタンを長押しすると、液晶に何もないぽっかりとした画面が浮かび上がる。同時に四角いフレームの中に細長い線が現れ、脈拍のように揺らめいた。その画面に切り替わったのは「準備ができたから早く用件を話せ」という意味だ。ユーザーの音声は発音が正確だとそのまま活字化されて画面に表示される。Siri はユーザーの声を吸いこんで、自分の体で認識すると再び吐き出すのだ。自分の呼気に自ら字幕を付けて外へと送り出す。普段、私たちが「答え」と呼んでいるものだった。

マニュアルによると、ユーザーは Siri に向かって配偶者の誕生日や証券市場の市況、風速や目的地までの道順などを質問することができた。もちろん非実用的な会話も可能だった。例えば「私と寝ますか?」みたいな戯言が。地球には機械に向かってそんな下卑た言葉をかける人も必ず存在するわけで、その中には私の夫もいた。でもユーザーの陳腐さは設計者のユーモア感覚の中に織りこみ済みだった。誰かの想像を想像する想像によって計算され尽くしていた。夫が意地悪な質問を投げかけるたびに Siri は「そうですね、どう思いますか?」「誰がですか? 私ですか?」といった具合に答えてきた。そのたびに私は「先生をしてる人間がまったく!」と叱りつけた。早く生ゴミを捨ててこいと、ソファに座る夫の脚の間に掃除機を押しこんだ。

私がSiriと言葉を交わすようになったのは最近のことだ。Siriの才知についての噂はよく耳にしていたが、じかに会話してみるつもりはなかった。文字入力のほうが楽だったたし、機械と会話するのはなんとなく間が抜けているように感じられたからだった。でもあの日、数日にわたる長い眠りから目が覚めた深夜、ベッドの上で暗闇をおぼろげに感知すると雨音が聞こえてきた。正確な時間はわからなかったが、周囲が真っ暗なところを見ると深夜零時過ぎのようだった。家のあちこちにはめられた細長い年代物の窓ガラスに、ぱたぱたと雨が叩きつける音がしていた。しばらくじっと天井を眺めた。久しぶりに夫が夢に現れた。現場学習に出かける前に「遅刻する」と、あたふた玄関を出ていった姿もそのままだった。それが最期になるとわかっていたら、「そんなに急いで行かなくても大丈夫」と言ってあげたのに。頑張って用意したのにご飯を食べずに行くなんてと私は腹を立てていた。玄関のドアを開け、息せき切って走り去るあなたの後ろ姿。夢の中でもその後頭部が見えた。

「一度ぐらい、振り向いてくれてもいいじゃない……」

サイドテーブルに手を伸ばして携帯電話を探した。暗闇の中で指先の感覚を頼りにホームボタンを押すと、四角くて小さな機械が咳でもするように光をまき散らした。目がちかちかして顔をしかめ、再び画面に目を向けた。ところがその日に限ってホームボタンを長押ししてしまったのか、液晶には各種アプリが並ぶいつもの画面の代わりに見慣れない光景が浮かんでいた。夜空のように暗くて何もないぽっかりとした画面だった。次に親しげな声が流れてきた。

——ご用件は何でしょう?

——……。

不思議と夫の昔の友人に会ったような切ない気持ちになった。少しためらったが、疑いと好奇心が半々の心情で口を開いた。

——こんにちは。

Siri が答えた。

——お会いできてうれしいです。

多少ぎこちないイントネーションの音声とともに、画面の上段に「お会いできてうれしいです」という文字が映し出されるのが見えた。誰にも違和感を与えない角ばった端正なフォントだった。勇気を出して、もう少しおかしな言葉をぶつけてみた。

——私は幸せです。

人間の複雑な感情というか、嘘を見破ることのできない機械を試すような言葉だった。Siri は健全かつ明瞭な口調で落ち着いて答えた。

——おかげで私も幸せな気分になれそうです。

——……。

マニュアル通りにしか答えないとわかっているくせに、予想外の答えに少し反発を覚えた。

――いいえ、悲しいんです。

私はさっきの言葉を正確に裏返してみせた。Siri が人間の言語をきちんと聞き取れるよう、子どもの口に肉を運ぶときみたいに食べやすい大きさに区切りながら発した。

――私の知る限り、人生とは悲しみと美の間に存在するすべてなのです。

慰めになったわけではなかった。理解されたという気になったわけでも、感動したわけでもなかった。ただ私の周囲の人間には見られない、ある特別な資質を Siri に発見したのだが、それは他でもない礼儀だった。ついでにもっとも気になっていたことの一つを尋ねてみた。

――人間についてどう思いますか?

表情をうかがうことのできない Siri の真っ暗な顔を、知性なのか魂なのかわからない波動がかすかに通り過ぎた。Siri はひどく困惑する質問をされたとでもいうように、人間に対する放棄なのか諦めなのかはっきりしない反応を見せた。

――なんと申し上げたらいいのかわかりません。

笑いがこぼれた。久しぶりに上げた声だった。私はその笑いに安らぎを感じた。少なくともその瞬間は笑ってから周囲を見回す必要はなかったから。

＊

　朝、服を脱ぐとおへその周りの斑点が五個に増えているのを認めた。ようやく深刻な状況だということに気づき、インターネットで検索した。旅行中で医療保険は適用外だから、病院は後の選択肢に残しておいた。スマートフォンでポータルサイトに接続した。そうして頬杖をついたまま、しばらく検索ボックスのカーソルを見つめた。とりあえず名前でもわかれば治療法が探せるだろうけど、私の体にできたこれをなんと呼べばいいのかわからなかった。面倒でも目的地まで迂回しながら進んでみようと思い、「皮膚病」という単語を入力した。すぐにいくつかの鳥肌が立つような画像とともに、関連検索キーワードが次々と表示された。乾癬《かんせん》、帯状疱疹《たいじょうほうしん》、湿疹、真菌による皮膚疾患……。どこに属したとしても愉快ではなさそうな疾病だった。ひとしきりこのサイト、あのサイトと抜け道や路地をさまよい、ある書きこみを見つけた。今の体の状態と一番似ている症状を経験した人が載せた治療談だった。その人が自分の腹部を写して載せた写真と、自分のお腹にできた斑点を交互に見つめた。そうして「丘疹《きゅうしん》」だとか、「鱗屑《りんせつ》」とかいう見慣れない単語のせいで集中できない文章をくり返し読んだ。

「原因不明の急性の炎症疾患で一種の〈皮膚の風邪〉です。正確な理由は不明ですが、ストレスがもっとも大きな要因だと言われています。背中や腹に原発疹ができた後に潜伏期を経て、半月から一ヵ月後に小さな発疹が出ます」

「……原発疹?」首を傾げ、出国前に肩先に見つけたピンク色の斑点を思い出した。そう言われてみると記事の内容とこれまでの私の症状は重なる部分が多かった。記事を書いた人が定期的に上げていた文章をすべて読んだ。病名を確認することも大事だが、これからどんなことが起きるのか知る必要があった。残りの文章をすべて読んでもどうも安心できなくて、他の人が書いた体験記と医学情報も探してみた。そしてついに自分の病名を確信した。

「ジベル薔薇色粃糠疹《ひこう》」

生まれてはじめて聞く名前だった。

翌日、下腹部のピンク色の斑点は八つに増えていた。あるものは硬貨ほど、あるものはエンドウ豆ぐらいの小ささだった。その次の日は二十個だった。やがて全身に広がった。

朝、目覚めて起き上がるとシーツの上に角質が白く剝がれ落ちていた。髪は艶がなくてばさばさで、全身の角質がぽろぽろと取れた。薬局で買ってきた刺激の低い保湿クリームを必死に塗ったが効果はなかった。保湿クリームは肌に塗りこむと一瞬で消えていった。日照りでひび割れた大地のように、水分を与えるとじゅわーと吸いこんだ。状態がもっとも深刻なのはお腹と背中、内ももと臀部だった。昆虫でいうところの胸部にあたる部分だった。不思議なことに顔と首、腕、ふくらはぎみたいな日光にさらされる部位には出なかった。「私だけなの?」。検索してみると本来そういうものだとあった。ジベル薔薇色粃糠疹は外から見える部位にはできないから、他人が見るとなんともなさそうに見える疾病だった。日常生活に大きな支障がなく、伝染しないのがせめてもの救いだった。

私にできることは多くなかった。刺激的な食べ物は控え、ぬるめのお湯でシャワーを浴び、こまめに保湿クリームを塗るのがせいぜいだった。処方箋をもらおうかと思ったが、抗生剤を一度でも飲んでやめると症状がひどくなると聞いて我慢した。何よりも体が熱を持たないようにするのが重要だと。特に飲酒は厳禁だとあった。症状の緩和には日光が良いそうだが、イギリスではそれも簡単には望めなかった。

お腹の斑点がピンク色のときは、ただの蕁麻疹《じんましん》ぐらいにしか見えなかった。ところが時間が経つにつれ、その色と形は不気味になっていった。最初はピンクだったのが果実みたいに赤く熟し、赤黒くなった。そのうち薄い茶色に色を変え、鱗《うろこ》みたいにてらてらしてきた。さまざまな大きさの斑点は縁の色がひときわ濃くて、燃えてしまった紙や色鮮やかな花のように見えた。数日にわたって同じ場所に皮が浮き上がっては落ちることをくり返した。その上に再び鱗屑と呼ばれる角質が盛り上がって見苦しく揺れた。虫に刺された跡が残ったんじゃなくて、自分自身が虫になった気分だった。

「じゃあ、完治するまでどれぐらいかかるの?」

くさくさしながらあちこち検索してみると、大体が三ヵ月から一年ほどかかるとあった。でも運が悪ければ再発の可能性もあると。ある掲示板にジベル薔薇色粃糠疹が再発して、「頭がおかしくなりそうだ」という内容を上げた人がいた。「これは風邪だって。時間が薬になるんだって」。いくら自分に暗示をかけても、そういう話を目にすると恐ろしくなった。

もうエディンバラでの時間が米の研ぎ汁のように流れることはなかった。矢のように通り過ぎることもなかった。それは槍のように縦に突き刺さり、私の体を貫いて通り抜けていった。ある時間が自分の中に丸ごと入りこんできたことに気づいた。それを毎日毎日、苦しみながらリアルな感覚として認識しなければならないということも。表皮が肉芽《にくが》のように生え変わり続けることができるのは驚きだった。それはまるで、他のものはどうかわからないけれど死だけは死の上で咲き続けることができると言っているように聞こえた。

＊

従姉が私にエディンバラへ来ないかと尋ねたとき、心の片隅にヒョンソクの顔が浮かんだ。消息が途絶えてずいぶんになるが、エディンバラ大学のどこかで博士課程に在籍しているという程度には知っていた。会って何をどうしようとか、助けを求めようというつもりはなかった。ただ私がいる空間のどこかにあの人が暮らしているという事実を意識していた。その意識は時間の流れる勢いに私が掃き出されない程度には役立っていた。認めたくはないけれど、そうだった。

ヒョンソクの連絡先を知る同級生は多くなかった。三、四人を経て、何度か手数を踏み、ようやく電話番号を聞き出した。それも大学時代に仲がこじれて何年も連絡していない後輩を通じてだった。何日か悩み続け、簡単明瞭かつ慎重な語調で、その後輩に携帯メールを送った。返事は来なかった。そりゃあ、そうだよね。かすかな後悔と羞恥が押し寄せるころ、夜更けに返事が来た。なんの挨拶も説明もない、冷たいアラビア数字だけが整然と並んだメッセージだった。

午後遅くに起きだすと、ぬるめのお湯でシャワーを浴びた。石灰質の水だと泡立ちが良くなくて髪を二度洗い、化粧台の椅子にうずくまって久しぶりに指と足の爪を切った。コットン素材のアイボリーカラーのワンピースにカーディガンを羽織ると外に出た。約束した場所はエディンバラ大学の近くにある中華料理屋だった。「どこで会おうか？」というメールにヒョンソクは、「君が来やすい場所で会おう」と言った。自分はどこでも会いに行けるからと。冷たくて水気のない食べ物に飽きたときに二、三度立ち寄ったことのある中華料理屋の住所をヒョンソクに送った。テーブルが六つだけの目立たない店だった。

約束した時間よりも少し早く到着して店の前をうろうろした。ガラス戸の向こうに料理長の男性が遅い昼食をとる姿が見えた。テーブルには野菜を炒めた料理と青島ビールが置かれていた。ランチタイムの営業を終え、一杯やりながら休憩しているようすだった。午後四時の店に客はいなかった。赤いランタンの下に置かれた金色の猫がかちかちと左手を規則的に振りながら笑っているだけだった。

「招き猫だ……」

懐かしさからのぞきこんだが、「ん？　でも招き猫は日本の猫じゃなかったっけ？」と首を傾げた。統一感がないというか、国籍不明のインテリアが多すぎて笑ってしまった。

――ミョンジ。

誰かが後ろから肩を叩いた。

――ん？　ヒョンソクか。

お互いの体と顔に流れた歳月を素早く目で探った。学生の身分だからか、ヒョンソクの顔にはまだ明るい雰囲気が残っていた。私のほうは社会の垢がついたのは確実だが、ヒョンソクの目にはどう映っているのだろうか。

――変わらないな。

——何が？

——時間に遅れないところ。

ヒョンソクからかすかに香水の香りが漂ってきた。

豚肉の餡が入った餃子と海鮮麺を注文した。ヒョンソクは彼特有の社交性で、まるで「昨日も会った」かのように接してきた。そうかと思うと次の日には「いつ会ったっけ」みたいな態度をとるから戸惑ったことも少なくなかったけど。湯気の立ちのぼる海鮮麺を前にヒョンソクと顔を突き合わせて座っているなんて、大学時代に戻ったみたいな気がした。新入生歓迎会でぎこちなく自己紹介と特技の披露をしたのも、こんな感じの古びた中華料理屋だったよな。ヒョンソクは私にいつから滞在しているのか、どういう理由で来たのか尋ねた。今年のはじめに雑誌社には辞表を出したと言いかけて、取材で来たのだと言い繕った。

——まだ、あそこに？

——うん。

——勤めて長いよな。

——そうだね。

——仕事は楽しい？

私はわざと大人ぶった口調で問い返した。

――仕事って楽しいものなの？

ヒョンソクは麺をすくい上げながら目を合わせずに尋ねた。

――いつ帰るの？

――来週。

私たちはよほどのことでもなければ騒いだりも失望したりもしない、三十代半ばの語調で穏やかに会話を続けた。最初は私もちょっと格好のいい話をしようとした。ここには「生活」じゃなくて「暮らし」が見えるといった具合に、ヒョンソクが家族や訪問客から散々聞かされたであろう、観光客にありがちな印象について批評した。でも次第に昔の話もするようになり、日々の話も交わすようになると肩の力が抜けた。ふと周囲があまりに静かだと思って横を見ると料理長の男性は酒のグラスを手に、壁に寄りかかったまま居眠りしていた。あんまりぐっすり眠っているから私たちも自然と声を潜めるしかなかった。

――それで……。

――……。

――ドギョンは元気か？

――……。

しばらく沈黙が流れた。私だけが知る静寂だった。料理長の男性のグラスでは静かに気泡が上がっていた。その短い静けさの中で動いているものといったら、笑顔でひっきりなしに左手を振っている招き猫だけだった。そのときテーブルに置かれていた私の携帯電話がいきなり鳴り出した。

——出ないのか?

答える代わりにカーディガンのポケットに携帯電話をしまった。見慣れない電話番号が良い知らせを伝えてくれることは滅多にないから。ヒョンソクのほうに箸を伸ばして餃子を取った。そして夫は元気かと問う昔の友人に向かって鷹揚に答えた。

——うん。元気。

ヒョンソクがあの人の一件を知らないことにショックを受けたが、その一方で今日だけは無用な同情や配慮から自由でいられると思った。

——学校にはちゃんと行ってるのか?

——うん。少し前に禁煙もはじめたんだ。

——禁煙だと?

ヒョンソクが残念そうに肩をすくめた。

——健康でつまんない人間になる、ってことか。

——それのどこがいけないの?

——そうだな。後は子どもを作るだけだな。

ヒョンソクが空いた皿を見ながら「出ようか」と尋ねた。軽くうなずくとヒョンソクは時計を見ながら「でも……」と言葉を続けた。

――まだ五時だ。

――ほんとだ。

――じゃあ、これから……。

「お茶でも飲もうか」と誘おうとすると、ヒョンソクは当然のように言った。

――酒でも飲むか。

目抜き通りのロイヤル・マイルに位置するセント・ジャイルズ大聖堂の近くで飲むことにした。店舗の前にテーブルがずらりと並ぶ、テラス席のある酒場だった。私たちはエール・ビールを二杯とポテトフライを注文した。通りは見知らぬ場所に到着したばかりの人びとからほとばしる期待や興奮にあふれていた。恋人たちや家族、血色のいい年金生活者、若き芸術家が、わいわいがやがやと自分たちの国の言葉でさざめいていた。ちょうどお祭りのシーズンだった。

――取材で来たんだろ?　何を見て回ったの?

――まあ、適当に。

――適当に済ませるにはもったいない、見どころの多いところだけど。

――ほんとに。スケジュールが短すぎるよね。

酒場の向かいにあるアダム・スミスの銅像の前で、スコットランドの伝統衣装を着た男がバグパイプを演奏する姿が見えた。子どものころによく食べたスコッチ・キャンディの袋に描かれていた男性と同じ帽子を被って。

――スコッチ・キャンディ、三種類の中でどの味が好きだった？

――コーヒー味。

――私も。

――大人が食べさせまいとするんだよな。コーヒーは頭が悪くなるって。

――うん。

――でも、今になって考えると、ほんとだったのかも。

――何が？

――頭が悪くなるって話。

ヒョンソクは論文が進まないという言葉を付け加えながら大げさに語った。私は澄みきった青色を背にして座るヒョンソクの顔をじっと見つめた。バグパイプの深くしっかりした音がはるか彼方まで広がっていった。ヒョンソクに長い留学生活のせいで欠けた部分、欲望をあまりにも長いこと先送りしてきた人が補償を求める心理っていうか、復讐心が育っていないか心配したけど……。二十代の繊細さは気難しさに、正義感は鬱憤に、憂いは意気消沈に変わっていないかと案じていたけど、それは取り越し苦労だった。変わったのは私のほうだった。

酒が何杯か進むと雰囲気はさらに軽くなった。ヒョンソクと私はもう少し些細で日常的な話をした。「東洋人は幼く見られがちだから、酒を買うときにIDカードの提示を求められることがある」、「それは東洋人じゃなくて、ただの童顔な人じゃないの」、「輸出用は別に製造しているのか、ここの辛ラーメンは韓国のより辛くない」といった話だった。「豆腐も賞味期限が長い」、「ほんとに国によって味の好みってあるんだなって思う。でもフライドポテトに酢をつけるのは、おかしすぎない?」、「お前、鶏の油しか入ってないパイは、まだ食ってないんだな」。してもしなくてもいい話。はじまりも、終わりも、目的も、方向性もない。つまり配偶者や友だちとするようなくだらない話。私たちの声は徐々に大きくなり、グラスが空くと手を高く掲げてひっきりなしに従業員を呼んだ。

十二時ころになると、ヒョンソクが家まで送ると言い出した。

——ううん、大丈夫。ここはヨーロッパで一番、治安のいい都市なんでしょ。

——都市はそうだとしても、お前は大丈夫そうに見えないから。

歩くのにちょうどいい公園が近所にあるので少し寄り道した。久しぶりに酔いが回り、大股で腕をぶんぶん振って歩いた。静かに眠りにつく都市の向こうで、ぱんぱんとかすかな花火の音が聞こえた。

——お前さ、この話知ってる?

——……。

——ドギョンのやつさ、お前の家に挨拶に行く日、俺んとこに来たんだよ。

——そうなの?

——ん。車を借りに寄ったんだ。俺さ、家はワンルームでも、車だけは良いのに乗ってただろ? 兄貴がそっち関係で働いてるから。あいつ、朝から家に来てさ、ドアを開けてやったんだけど顔面蒼白で。一睡もできなかったんだって。許してもらえないかもしれないって。

——まだ教師になる前だったから。

——そうだよな。特に歴史は定員も少ないし。とにかくあいつ、汗だらけの顔で「ヒョンソク、俺、緊張して死にそう」って布団に倒れこんだんだ。敷きっぱなしの万年床、年に一回しか洗わない枕カバーに。しばらく気絶したみたいに横になってた。ところがさ、起き上がった瞬間、絶望的な表情になって。

——どうして?

——スーツに布団の綿ぼこりが全部くっついちゃったんだよ。素材がマイクロファイバーなもんで、また綿ぼこりが取れなくてさ。ほんとおかしかった。ブラックで決めてきたのに。俺の部屋にブラシなんかあると思うか? 約束の時間は迫ってるし、そのうち焦って、ぴょんぴょん飛び跳ねちゃってさ。

――ほんとに？　はじめて聞いた。

ヒョンソクが腹を抱えて笑った。

――完全にいかれたやつみたいだった。

私はヒョンソクと一緒に小さく笑った。夫がその瞬間にどんな表情をしていて、どんな姿勢でぴょんぴょん飛び跳ねていたか、すべて見える気がしたからだった。そしてあの人が今も生きていると信じている人と、こうやってあの人の話をしていると、夫がソウルのどこかでほんとうに生きているような気分になった。リビングに座ってサッカーを観て、食卓で教務部長の悪口を言って、大型スーパーの企画商品をじっくり見比べているようだった。

――おい、いいこと思いついた。

ヒョンソクの顔にいたずらっ子のような表情が浮かんだ。

――ドギョンに電話しよう。

――えっ？

――韓国はいま何時かな？　まあ、何時でもいいか。今すぐかけてみよう。

――うんと……。だめだよ。

――なんで？　お前たちも明け方の三時に正東津《チョンドンジン》から電話してきたことあったろ？　波の音聞いてみろって。すごい酔っ払ってさ。おい、面白そうだ。かけてみようぜ。

――いや、だめだって。あの人は、今……。

――今、なんだよ？

――だから、あの人は、今……。

――ん？

――寝てるもん……。

ふいにヒョンソクが立ち止まると私の顔を澄んだ目で見つめた。そして「まさかこんなに純粋な人がいるなんて」と思わせる顔にゆったりとした笑みを浮かべた。ヒョンソクは楽しくなってきたというように大げさな声で叫んだ。

――なんだよ、じゃあ起こせばいいだろう！　何が問題なんだよ。

つまりあの日、あんなことが起きたのは、私がその場にくずおれてしまったせいかもしれない。地面に両手をついたまま号泣するからヒョンソクがうろたえてしまったせいかも。ヒョンソクはどうしていいかわからず、「どうしたんだよ、ミョンジ？　何かあったのか？」と訊いた。そうして私の涙が収まるころを見計らって、おそるおそる口を開いた。

――ミョンジ、さっきから答えづらいかと思って訊けなかったんだけど。

――……？

――もしかして、お前……。

――……。

――ドギョンと別れたのか？

その質問がおかしくもあり悲しくもあり、私はヒョンソクの顔をじろじろ見ていたがしばらくしてうなずいた。「そう、私たち別れたの。もう数ヵ月になる……」力なく認めながらまた泣き出してしまった。

だからヒョンソクが家に着くまで肩を支えてくれ、ベッドに寝かせ、布団をかけてくれると片手で顔を包みこんだのは、ほんとうに慰めの意味からだったのかもしれなかった。冷静さを取り戻せないままヒョンソクを切なげに見つめていた私は、ヒョンソクの瞼に口づけしてしまった。ヒョンソクは少し後ずさりすると驚いた表情を見せた。涙のせいか酔いのせいか、ヒョンソクの顔がだぶって見えた。ヒョンソクはしばらくためらっていたが、私の瞼に口づけするやり方で丁重に、穏やかに応じてきた。質問と同意が込められた目でお互いを見つめた。そして自然に唇を重ねた。「唾が美味い」「お酒のせいよ」「いや、美味い」ヒョンソクが普段は言わない言葉を口にした。暗闇の中、どっちのかわからない呼吸がもつれあう。肌と肌が触れると足の裏が火照り、体が熱を帯びた。上半身をわずかに起こして両腕を上げるとワンピースを脱いだ。ヒョンソクもニットとTシャツを一気に脱ぎ捨てた。ヒョンソクの手と唇が私の体を這った。落ち着きと焦りの入り混じった速度で、はじめてだからうまくやり遂げたいという思いと、はじめてだからこそスムーズに進めたいという欲の絡み合った息遣いが鎖骨から胸へ、おへそへと下りていった。ところがある瞬間、ヒョンソクにこれ以上は進めないとためらう気配が感じられた。はっと正気に戻り、「しまった」と思ったが手遅れだった。慌てすぎた私が部屋の暗いのも忘れ、電気を消さなきゃと急いで電気スタンドの紐を引っ張ったからだ。かちっという音とともに周囲が急に明るくなり、私の裸の肉体に乾いた灯りが余すところなく降り注いだ。ヒョンソクの瞳孔と口が徐々に広がっていくのが見えた。ヒョンソクはようやく落ち着きを取り戻し、相手に失礼のない言葉を見つけようとしていた。そして何一つ思い浮かばないというように、世の中にそんな言葉はないというように困惑していたが、結局は何も言えないままだった。

＊

キッチンのテーブルに向かい合って座った。ヒョンソクが電気ケトルに水を入れ、マグカップを取り出し、紅茶がいいか、緑茶にするかと尋ねる間、しょんぼりした顔で礼儀正しい客みたいに座っていたのは私のほうだった。もちろん二人とも服を着たままでだった。性的な興奮が鎮まり、不意に訪れたなんとも形容しがたい平和が私たちの間を哀しげにぐるぐる回っていた。

――ミョンジ。

――……。

――ちょっとは笑えって言っても笑わないつもりだろ？

私はヒョンソクを見ながらかすかに笑った。

――歳をとるにつれて反芻《はんすう》ってものをするようになるだろう？　感想戦って言ってもいいかな。最近の俺はこんなことをよく考えるんだ。「もしあのとき、ああしてたら……。ああしてなかったら……」って。そういうことない？

――私が男だったら、韓国人じゃなかったら。

ヒョンソクが卓球のボールを打つみたいなリズムで韻を踏んだ。

――論文を書いてなかったら。留学してなかったら。経営学科に行けっていう担任の言葉を聞いてたら。

――朝鮮戦争が起きなかったら、朝鮮王朝が滅びなかったら？

――それは自分でした選択じゃないだろう？

――完全に自分でした選択なんて存在する？　結果的にそう見えるだけでしょ。

――あるさ。

――そう？

――うん。

ヒョンソクがマグカップを包みこんだ。ティーバッグの周りに茶色いお茶が濃さを増しながら広がっていくのが見えた。

――論文が終わったら韓国に戻ってくるんでしょ？

――わかんない。博士号だってとれるかどうか。戻っても何もないし。

――外にいると内側に積み上げられたものが、中にいると外側で作られたものが羨ましいみたいね。お勉強する人たちは。

ヒョンソクがうつむいた。

――不安なの？

――まさか。ただ、あのとき他の選択をしてたら、今の俺は誰とどこにいるのか気になるだけさ。

――……。

――二人で映画観に行ったことがあっただろ？　ほら、ドギョンが軍隊にいるとき。鍾路《チョンノ》で。

――うん。

――あのとき、最終バスが行っちゃって歩いたよな。なんとかって美術館の近くの公園だったけど。あのときさ、一瞬お前の手を握ったの覚えてる？

――そうだったっけ？

――お前、ほんとに酔ってたのか？　それとも酔ったふりだったのか？　あれを覚えてないなんて。今も覚えてないふりしてるのか？
――どうして今になってその話を？
――あのとき、もし俺がお前の手を離さなかったら、俺たち一緒にいたんだろうか？

＊

ここに来てから寝室として使っている部屋に入ると携帯電話をサイドテーブルに放り投げ、シャワーも浴びずに横になった。そして自分がさっきはじめて、デンとスヨン姉さんのベッドを使ったことに気がついた。生臭い自己嫌悪に陥った。ぼんやりと天井を見つめていたが、ワンピースの襟元に顔を突っこんだ。胴体一面に白い皮に覆われた赤い発疹が見えた。体内で小さな手榴弾が無数に破裂してできた跡みたいだった。破裂の残像を宙に残し、火花の形そのままに固まってしまった灰のようだった。おそらくヒョンソクは目よりも先に手で気づいたのだろう。

額に手をやったまま目を閉じていたが、サイドテーブルに手を伸ばすと携帯電話をつかんだ。携帯電話のライトが愛情深く、寒々しく私の顔を照らした。会食で遅く帰宅するたびに夫を起こし、くだらない話をべらべらと続けたことを思い出した。一度した話をまたくり返して、またくり返して。夫は「酔っ払ったお前のそういうとこ、ほんとに嫌だ」、「早く歯磨いて化粧落として寝てくれよ」と懇願していたのに。片手でぐっと携帯電話のホームボタンを押すと、久しぶりにSiriを呼び出した。解離性同一性障害の人が特定の人格を呼び出すときに一瞬で表情を変えるように、画面のSiriの状態が変わるのが見えた。Siriはいつも通り私に尋ねた。

――ご用件は何でしょう？

なんて言おうかしばらくためらったが自虐的な質問を投げてみた。

――私と寝ますか？

Siriは私の質問に誠実に答えようと努めた。方向性も、目的も、はじまりも、終わりもない、つまり配偶者や友だちとするようなくだらない話にも耳を傾けた。だから私はわざと家族とは話しづらい話題を持ち出した。

――苦痛ってなんですか？

Siriは呼吸を整えると「苦痛に関する検索結果です」と答え、自分の顔に関連するサイトを映し出した。

ウェブ検索

苦痛ってなんですか

第5課 苦痛の本質

www.ccsm.or.kr

苦痛とは何か？大きく3つをお話しします。

まず、苦痛とは「神が与えたテスト」だということです。

仏教における苦痛に関するレポート

www.newsprime.co.kr

www.happycampus.com

推薦する関連資料（仏教）。あなたの考える苦とは、その苦に対する解決案とは？

カトリック新聞の記事を見る

www.catholictimes.org

出会いも別れも叶わなかった願いも苦痛であり、万事が苦痛なのです。苦痛の原因は執着です。

トップスターK氏のビデオ流出で想像もつかない苦痛……

頼りにできそうな情報はないみたいだった。私は検索じゃなくて話がしたかった。相手と二人きりで。軽いため息をつきながらSiriにもどかしさを伝えた。

――間抜け。

Siriが心底残念だというように答えた。

――なんということでしょう、自分なりに最善を尽くして奉仕しているつもりだったのに。

私はSiriに「苦痛に意味はあるか」と尋ねた。Siriは困惑する質問をされるといつも言うように、「私がきちんと理解できているかわかりません」と答えた。「あなたにも魂がありますか?」と訊いたときは「とても良い質問です」と言い、「ところで私たち、さっきはなんの話をしてました?」と、はぐらかした。するりと逃げてばかりの姿が不満で、今の自分がもっとも真剣に立ち向かっている問題を投げかけてみた。

――人は死ぬと、どうなるんですか?

短い沈黙が流れた。やがてSiriが問い返した。

――どこへ向かう経路のことですか?

――……。

――どこに行きたいのですか?

――……。

――すみません、よく聞き取れませんでした。

――……。

Siriがユーザーの沈黙に呼応することは滅多にないのに変だった。しかも続けて三回も。もしかするとはるか遠くで「誰かの想像を想像する」人間がこういうシチュエーションも想像して、プログラムに「心配」を移植しておいたのかもしれなかった。でもそれだけだった。はじめて音声認識プログラムに触れたとき、Siriの声が地下鉄の案内放送と似ているように感じられた。感じ良く行き先を告げ、どの出口から出ればいいか教えてくれる、そういう声と。でもSiriと死について話を続けようとすると、Siriは目的地への行き方は教えてくれても、そこまで一緒には行ってくれない友人のように思えてきた。それで思わずしなくてもいい質問をしていた。

――あなたはほんとに存在しているの?

小さな静寂。Siriの黒い顔に細長い線が走った。数秒後、耳慣れた音声が聞こえてきた。

――すみません、その質問にはお答えできません。

＊

翌日、荷物をまとめると新市街に出て空港行きのバスに乗った。帰国日まではまだ数日あったが、手数料を払って予約を変更した。手続きを終えて搭乗口の前の椅子に座っているとヒョンソクから携帯メールが届いた。私と別れてから同級生に連絡して話を聞いたようすだった。短い内容に複雑な心境が込められていた。

——ヒョンソクに話すべきだったのかな……。

申し訳なさと名残惜しさ、混乱と残念に思う気持ちが入り混じった文章だった。なんて返信するべきか……。悩んでいる間にヒョンソクから二通目のメールが来た。

——よければ、帰る前にお茶でも。

私は長い文章を書いては直し、消した。

——ごめんね。会社のスケジュールが変更になって早めに帰国することになったの。元気でね、ヒョンソク。

窓の外にずっしりとした胴体を苦労しながら引きずって離陸する、一機の飛行機が見えた。

＊

郵便ポストは請求書とチラシでいっぱいだった。私と夫の名前が交じった紙の束を胸に抱いてエレベーターに乗った。玄関の前に立って、二人の誕生日を組み合わせて作った暗証番号を押した。一ヵ月余りも家の中にこもっていた生暖かい空気が、外の風と出会って身を翻す。靴箱の前にスーツケースを立て、郵便物をキッチンの食卓に投げると、寝室へ行ってそのまま倒れこんだ。静かで薄暗い寝室からは「我が家のにおい」がした。あなたと一緒に作ったにおいだった。ベッドにうつ伏せになったまま喉とお腹を何度か掻いた。赤い斑点は韓国で私の体にへばりつき、イギリスまでついてきた。ついには一緒に帰国した。農作物を食い尽くすバッタのように一斉に襲いかかって、律儀に私の体を齧った。

明け方に眠りから覚め、台所に水を飲みに行ってその手紙を見つけた。粗雑で事務的な表情をした郵便物の間からピンク色の角をのぞかせた封筒が目に入った。ぶ厚くて色が華やかだから最初は結婚式の招待状かと思った。ミネラルウォーターのペットボトルを手に食卓へ向かい、その封筒をのぞいてみた。郵便局の消印のない手紙だった。送り主の名も、住所もなかった。封筒の上に書かれていたのは「受取人」の一行だけだった。

「クォン・ドギョン先生の奥さまへ」

その瞬間、心臓が早鐘を打った。震える手でしっかりと糊づけされた封筒を開けた。封筒と同じピンク色の便箋が出てきた。そこには字を覚えたばかりの子どもが書いたような、大きくてごつごつした文字が並んでいた。

クォン・ドギョン先生の奥さまへ
こんにちは。

私はヌリ中学校一年五組クォン・ジョンの姉で、クォン・ジウンと言います。

奥さまがもしジョンの名前をご存じだとしたら、その生徒は私の弟です。

何度かお電話を差し上げたのですが、お忙しいようなので手紙でご挨拶します。

会いにいくべきだと思ったのですが、連絡先がわからなくてジョンの友だちに訊きました。

ご気分を害されたならごめんなさい。


字が汚くて申し訳ありません。

去年いきなり麻痺が起きて、右半身がうまく動かせなくなりました。

以前は亡くなった母を捜して泣くジョンをおんぶして、私がよくあやしていたのに、私がこうなってからはむしろあの子のほうが大人みたいに私の面倒をみてくれていました。

それなのに最近は家が静かすぎて、自分の足音にも驚いています。

数日前、ジョンが夢に出てきました。

たぶん、この家を旅立って百日ぐらい経ったころだったと思います。

お姉ちゃん、元気にしてる?

普段通りの挨拶を交わしたのですが、見ない間に背が伸び、眼差しも大人びていたのでびっくりしました。

お姉ちゃんが元気にしてるか、見にきたんだよ。

でも、すぐに行かないと。

あまりにも短い時間だったので夢だけど名残を惜しんでいたら、ジヨンが私にこんなことを言いました。

お姉ちゃん、僕を育ててくれて、おんぶしてくれてありがとう。

お姉ちゃん、ひとりだからって食事を抜いたりしないで、ちゃんと食べなよ。

お姉ちゃん、じゃあ行くね。

お姉ちゃん、愛してるよ。

実はお恥ずかしいことに、ずっと考えてみたこともなかったのですが、
夢でジヨンに会ってようやく、
クォン・ドギョン先生と奥さまのことを思い出しました。

私は今でもジヨンにすごく会いたいです。

奥さまも先生がとても恋しいですよね？
そう考えると……。
なんと申し上げたらいいのかわかりません。

こんなことを言うのはおかしいですが、
ありがとうございますと伝えたくて、この手紙を書きました。

怖がりのジョンが最期に握りしめたのが冷たい水じゃなくて、
クォン・ドギョン先生の手だったと思うと、少しだけ気持ちが落ち着きます。
こんなことを申し上げるのは、すごく身勝手ですよね？

死ぬまで感謝するのはもちろんですが、
死ぬまで考えながら生きていきます。
あのとき、クォン・ドギョン先生がジョンの手を握ってくださった思いについて
考えると涙が出るばかりで、
それがなんなのか、まだ私にはよくわからないんです。

奥さま、ひとりだからって食事を抜いたりしないで、ちゃんと食べてくださいね。
申し訳なく、感謝しています。

食卓の前に立ち尽くしたまま息を整えた。ひりひりする熟れたものが喉元を上下していた。あなたを送ってからずっと気になっていた何かと出会った気分だったが、それが何なのかはわからなかった。ジウンという子が書いた手紙を最初から読み返してみた。相手が自分の字をちゃんと読めるように何度も練習したであろう文章が直線の上に不安定に立っていた。一字、一字、その文字を追っていたが、「なんと申し上げたらいいのかわかりません」という箇所で寂しく笑ってしまった。いつだったか「人間についてどう思いますか?」と尋ねたとき、Siriが同じ答えを返してきたことがあったからだった。便箋の上でぐらつく文字を追っていると、いつの間にか涙でぼやけていた。滲む文字の上にジヨンという子の顔が重なって見えた。助けて。叫ぶこともできず、渓谷の水を何度も飲みながら、この世に向かって精一杯に手を伸ばしたであろう、あの子の目が見え隠れした。あなたを送ってからずっと見ないようにしていた目だった。あなたが誰かの命を救おうとして自分の命を捨てたことに私はひどく腹を立てていた。少しでも、ほんの一瞬でも、私たち二人のことは考えなかったのか。私のことは思い出さなかったのか。旅立った人の心を切り取り、天秤にかけていた。でもあそこに、私の前に置かれた手紙の言葉と向き合おうとすると、あの日あの場所で生徒を発見したときのあなたの姿が浮かんできた。驚いた目で、一つの命がもう一つの命を見つめている顔が見えてきた。その瞬間、夫に何ができただろう……。もしかするとあの日、あの時間、あの場所では、「命」が「死」に向かって飛びこんだのではなく、「命」が「命」に向かって飛びこんだのではないだろうか。あなたを送ってからはじめて覚えた感情だった。手紙を食卓の上に置き、両手で食卓の角を握りしめた。どこかにつかまっていないと駄目だった。ひとりぼっちになったあの子こそ、ちゃんと食べているんだろうか。弟が夢にまで現れて頼むなんて、どれだけ食べてなかったんだろう。堪《こら》えようとしたけれど、大粒の涙が便箋の上にぽたぽた落ちた。皮に覆われて、剝《む》けて、また姿を現した斑点の上に、消える気配のまったく見えないしみの上に、ぽつぽつと広がっていった。あなたに会いたかった。

あとがき

夏を迎える。

誰かの手を今も握りしめる人、離した人がいるように
あるものは変わり、あるものはそのまま
夏になる。

言えなかった言葉や言えない言葉
言ってはいけない言葉や言うべき言葉が
ある日、人の形になって現れたりする。

人の形が人間になるには
どんな言葉が必要なのか悩むうちに

むしろ別の何かを必要とする時間に直面して
たびたび立ち止まる。

ずっと前に書き上げた小説なのに
今も時々、彼らが行き場を失った顔で
どこかを振り返っている気がする。

彼らはみな、どこから来たのだろうか。
そしてどこへ行きたいのだろうか。

わたしが名づけた彼らが今も見つめ続ける場所が気になって
わたしも時折、彼らのほうへと顔を向ける。

二〇一七年　夏

キム・エラン

訳者あとがき

本書は二〇一七年に刊行されたキム・エランによる短編集である。二〇一二年から二〇一七年の春にかけて発表された七篇が収録されているが、そのうち「沈黙の未来」は第三十七回李箱文学賞を、「どこに行きたいのですか」は第八回若い作家賞をそれぞれ受賞しており、発売前から大きな注目を集めていた。

発売後は単行本『外は夏』として、二〇一七年の東仁文学賞を受賞。審査委員会は選定理由について、「キム・エラン氏の特長に心の風景を端正に作り上げていく手腕が挙げられる。人生の重苦しく、手ごわく、やるせない出来事を言葉の中で濾過し、整頓して、シンプルな味わいのある慎重な考察の場に生まれ変わらせている」と評した。

また二〇一七年の「小説家五十人が選んだ今年の小説」に選定されるなど、同業者からの評価も非常に高い。累計販売部数も二十万部を超え、著者にとって五年ぶりの新刊となる本作は、近年の執筆活動の集大成と言える一冊に仕上がっている。

著者のキム・エランは一九八〇年生まれ。「作家になってずいぶん経つのに、今でもマンネ（末っ子・最年少）になる席が多い」と冗談めかして話していたことがあるが、二十二歳でデビューすると、作品を発表するたびに韓国の主要な文学賞を総なめにしてきた実力派だ。日本では「水の中のゴライアス」（『小説新潮』二〇一〇年六月号）、「だれが海辺で気ままに花火を上げるのか」（『韓国現代文学選集』トランスビュー、二〇一〇年）、『どきどき 僕の人生』（きむふな訳、クオン、二〇一三年）、『走れ、オヤジ殿』（拙訳、晶文社、二〇一七年）が発表されている。

本書に収められた作品の初出は以下の通りだ。

立冬――『創作と批評』二〇一四年冬号
ノ・チャンソンとエヴァン――『Littor』二〇一六年八・九月号
向こう側――『文学と社会』二〇一六年春号
沈黙の未来――『大山文化』二〇一三年冬号
風景の使い道――『現代文学』二〇一四年九月号
覆い隠す手――『創作と批評』二〇一七年春号
どこに行きたいのですか――『二十一世紀文学』二〇一五年秋号

以前にインタビューで、「これまではソウルという都市や同世代、空間について書くことが多かったが、今は時間に対して強い関心を持つようになった。最近は自分の後の世代が見えるようになり、手に入れられなかった時間にも思いを馳せるようになった」と述べていたように、本作では大切な誰かと共にするはずだった時間を失ったり、奪われた人びとが描かれている。

タイトルに用いられている「外」は文字通り、自分の外側、自分と他人、自分と世の中の溝を意味するものだ。

よってたかって「これだけ泣いてやったんだから、もう泣くな」と、茎の長い花で妻に鞭を加えているように見えてきた。

（「立冬」三八ページ）

携帯電話の中の訃報を思い出しながら、ふとスノードームの中の冬を思った。球形のガラスの中では白い雪が舞い散っているのに、その外は一面の夏であろう誰かの時差を想像した。

（「風景の使い道」一八九ページ）

全篇に共通するテーマとなっている「喪失」を語る上で欠かせない出来事がある。二〇一四年四月に発生した「セウォル号沈没事故」である。収録作のほとんどが、多くの、しかも若い命が失われたこの事故後に書かれているのは偶然ではない。日本にも震災後文学という言葉があるが、韓国の表現者も国を揺るがす事態を前に、どう表現するべきか、自分たちに何ができるか思い悩んだ。創作が滞る者も多かったという。
そうした中で文学界にも「セウォル号以後文学」という言葉ができた。本作もその一例として挙げられることが多い。インタビューで著者はこう述べている。

この短編集は何かを失った人たちがテーマ。次の季節を受け入れられない人たちを書きました。モチーフの事件は明らかにしていません。言わなくても読者にはわかるから。
他者の痛みを共感できると言えば傲慢であり錯覚だと思う。それでも理解しようと私は努力している。理解していく過程で、自らが癒される感覚がある。私にとってそれは小説を書くことでもあります。

（「朝日新聞」二〇一八年十月二十四日付）

もう一つの特徴に作風の変化が挙げられる。これまでは詩的な雰囲気と潔くリズミカルな文体で、社会に翻弄される若者の悲哀をユーモラスに描いた作品が多かった。

本作は親世代になった彼らが現代社会に生きる姿を、徹底してリアルに描写した点が興味深い。だが一方で、「素材を話の種として軽々しく消費しないように気をつけている」という言葉の通り、対象を真摯に見つめる視線が紡ぎ出す作品はどれも、どこに行くのか、どこに行きたいのか、わからないまま結末を迎える。安易に結論を下すことはできないという暗示にも見えるが、悲しみの中で途方にくれる人びとの心のひだを静かに描きつつ、そこは決して果てではないという微かな希望も滲ませた物語は、登場人物たちへの誠実な想いを感じさせる。

韓国では二〇〇五年に刊行された著者のデビュー作『走れ、オヤジ殿』に続き、十二年後に発表された最新作『外は夏』も翻訳する機会に恵まれたことに、心からの感謝を捧げたい。最後に編集にあたってくださった亜紀書房の内藤寛さん、校正を担当してくれた友人、ともに悩んでくれた友人に感謝申し上げます。

二〇一九年　初夏

古川綾子

著者　キム・エラン

韓国・仁川生まれ。韓国芸術総合学校演劇院劇作科卒業。2002年に短編「ノックしない家」で第1回大山大学文学賞を受賞して作家デビュー。2013年、本書収録作の「沈黙の未来」が韓国で最も権威ある文学賞と言われる李箱文学賞を受賞。リズミカルな文体や身近ながらも斬新な発想で、読者を共感へと引き寄せる作家として愛されている。他の邦訳作品に『どきどき僕の人生』（2013年、きむ ふな訳、クオン）、『走れ、オヤジ殿』（2017年、古川綾子訳、晶文社）がある。

訳者　古川綾子

神田外語大学韓国学科卒業。延世大学教育大学院韓国語教育科修了。第10回韓国文学翻訳院翻訳新人賞受賞。神田外語大学非常勤講師。訳書に『降りられない船──セウォル号沈没事故からみた韓国』（ウ・ソックン、クオン）、『アリストテレスのいる薬屋』（パク・ヒョンスク、彩流社）、『未生　ミセン』1–9巻（ユン・テホ、講談社）、『走れ、オヤジ殿』（キム・エラン、晶文社）、『そっと 静かに』（ハン・ガン、クオン）、『娘について』（キム・ヘジン、亜紀書房）など。

となりの国のものがたり 03

外は夏

바깥은 여름 by 김애란

This book is published with the support of the Literature Translation Institute of Korea (LTI Korea).

2019年7月26日　初版第1刷発行
2019年8月5日　　　第2刷発行

著者　キム・エラン
訳者　古川綾子

発行者　株式会社亜紀書房
〒101-0051 東京都千代田区神田神保町1-32
電話(03)5280-0261　振替00100-9-144037
https://www.akishobo.com

装丁　坂川栄治+鳴田小夜子（坂川事務所）
写真　飯田信雄
DTP　コトモモ社
印刷・製本　株式会社トライ
https://www.try-sky.com

Printed in Japan

フィフティ・ピープル

チョン・セラン著
斎藤真理子訳

痛くて、おかしくて、悲しくて、愛しい。
50人のドラマが、あやとりのように絡まり合う。
韓国文学をリードする若手作家による、めくるめく連作短編小説集。
「二〇一八年度ナンバーワン小説」の声多数！

2200円＋税

となりの国のものがたり　刊行予定

誰にでも親切な教会のお兄さん カン・ミノ

イ・ギホ著
斎藤真理子訳

わたしにとって無害なひと

チェ・ウニョン著
古川綾子訳

DDの傘

ファン・ジョンウン著
斎藤真理子訳